홀로 천천히 자유롭게

이 도서의 국립중앙도서관 출판예정도서목록(CIP)은 서지정보유통지원시스템 홈페이지(http://seoji.nl.go.kr)와 국가자료공동목록시스템(http://www.nl.go.kr/kolisnet)에서 이용하실 수 있습니다. (CIP제어번호 : CIP2016016399)

홀로 천천히 자유롭게

헨리 데이비드 소로 지음 박정태 옮기고 엮음

굿모닝북스

차례

여름날 아침 호수 한가운데로 보트를 저어가서는 길게 누워 공상에 잠기면 배는 산들바람이 부는 대로 떠가고, 그렇게 몇 시간이고 지나서야 문득 배가 기슭에 닿는 바람에 몽상에서 깨어나곤 했다. 나는 그제서야 고개를 들어 운명의 여신이 나를 어떤 물가로 밀어 보냈는지 살펴보았다. 지금보다 젊었던 그 시절은 이렇게 게으름을 부리는 것이 시간을 가장 매력적으로 또 생산적으로 보내던 때였다. 하루 중 가장 소중한 시간들을 그런 식으로 보내기 위해 나는 숱한 아침 시간에 호수로 몰래 빠져 나왔다. 그 시절에 나는 정말 부자였다. 금전상으로가 아니라 햇빛 찬란한 시간과 여름날들을 풍부하게 가졌다는 의미에서 그랬다. 나는 이 시간들을 아낌없이 썼다. 이 시간들을 공장이나 학교 교단에서 더 많이 보내지 않은 것을 나는 전혀 후회하지 않는다.

《월든》의 아홉 번째 장인 〈호수들〉에 나오는 이 대목을 읽을 때마다 나는 헨리 데이비드 소로가 참 매력적인 인물이라고 느껴집니다. 나도 이렇게 살 수 있다면, 몸은 그저 바람

부는 대로 맡겨놓고 생각은 자유롭게 떠돌아다니도록 놓아둘 수 있다면! 아, 그러자면 무엇보다 얽매임이 없어야 하는데 이게 말처럼 쉽지가 않습니다. 그래서 소로가 다시금 대단하게 보이는 겁니다. 소로는 그런데 이 문제를 아주 간단히 풀었습니다. 그의 해결책은 세상을 있는 그대로 자신만의 시각으로 바라보고 당당하게 남의 눈치 안 보고 살아가는 것이었습니다.

소로가 호수 한가운데 떠있는 보트에 누워 한가하게 공상에 잠겨있는 모습을 그려보세요. 마을 사람들이 이 모습을 보았다면 틀림없이 혀를 끌끌 찼을 겁니다. 어쩌면 "하버드 대학씩이나 나온 친구가" 하면서 한심스럽게 여겼을지도 모르지요. 그러거나 말거나 소로는 다른 사람들의 시선에 전혀 개의치 않았습니다. 오히려 그렇게 게으름을 부리는 것이 제일 매력적이고 생산적이었다고 말합니다. 참, 소로답지 않습니까?

소로가 쓴 에세이 〈원칙 없는 삶〉에서는 한 걸음 더 나갑니다. 매일 같이 하루 반나절씩 하릴없이 숲 속을 산책하는 것이 돈을 벌기 위해 하루 종일 투기꾼이 되어 자연을 파괴하는 것보다 훨씬 나은 삶이라고 이야기합니다. "어떤 사람이 숲이 좋아서 매일 반나절씩 숲 속을 산책한다면 아마 게으름뱅이로 낙인 찍힐 것이다. 그러나 만약 하루 종일 투기꾼으로 시간을 보내며 숲을 베어내고 땅을 대머리처럼 밀어 버린다면 그는 근면하고 진취적인 시민으로 평가 받을 것이다."

실은 이 구절에 앞서 소로는 자신이 직접 겪은 일을 소개합니다. 그가 사는 콩코드 마을 교외에 좀 천박한 부자가 한 명 살고 있었는데, 이 사람이 자기 소유의 초지 가장자리를 따라 언덕 밑에 둑을 쌓으려고 한 겁니다. 물론 그렇게 해서 땅의 가치를 좀더 높여보자는 심산이었지요. 이 사람은 그러면서 측량도 할 겸 소로더러 자신과 함께 거기서 3주 동안 땅을 파면서 같이 일하자고 제안합니다. 당시 마땅한 일자리가 없었던 소로 입장에서는 얼마 동안이지만 괜찮은 돈벌이가 생긴 셈이었지만 그의 성격상 받아들일 리가 없지요. 당연히 일언지하에 거절합니다. 게다가 많은 사람들이 합리적이라고 생각하는 이 부자의 계산 밝은 생각에 일침을 가합니다.

> 그 결과 그는 더 많은 부를 축재하게 될 것이고, 그의 상속자가 그 돈을 어리석게 쓰도록 남겨줄 것이다. 만일 내가 그와 함께 일을 한다면 사람들은 나를 부지런하고 열심히 일한다고 칭찬할 것이다. 하지만 돈은 적게 벌더라도 진짜 더 많은 이익을 남기는 어떤 일을 하는 데 나 자신이 헌신할 것을 선택한다면 사람들은 나를 게으르다

고 비난할지 모른다. 나는 의미 없는 노동으로 인해 제약 받는 것을 원치 않는다. 나는 그가 하는 일에서 정말로 가치 있는 것을 털끝만큼도 발견할 수 없다. 그렇기 때문에 그 일이 그에게는 아무리 흥미롭다 해도 나는 다른 학교에서 나의 교육을 끝내고 싶어하는 것이다.

소로는 이처럼 부자를 도와 돈을 버는 대신 자유로운 삶을 살아갈 수 있는 시간을 번 것입니다. 새벽 공기를 맡으며 마음껏 숲 속을 산책하고 맑은 정신과 무한한 기대로 하루하루를 살아가기 위해 돈이 아니라 시간을 선택했던 겁니다. 소로는 묻습니다. "왜 우리는 더 많은 것을 얻으려고 늘 그렇게 머리를 싸매고 궁리하면서 때로는 더 적은 것으로 만족하는 법은 배우려 들지 않는 것인가?"

《월든》은 소로가 월든 호숫가에서 2년 2개월간 혼자 생활한 기록입니다. 그는 손수 지은 네 평 남짓한 오두막에 살면서 콩밭도 가꾸고 호수와 숲을 돌아다니며 자연을 관찰하고 사색하면서 책도 읽고 글도 쓰고 찾아오는 사람들도 만났습니다. 그가 혼자 오두막에서 산 것은 괜한 기벽 때문이 아니었습니다.

소로는 자신이 숲 속으로 들어간 이유가 "인생을 의도적으로(deliberately) 살아보기 위해서였다"고 말합니다. 여기서 말하는 '의도적으로'라는 단어가 바로 소로가 말하는 자유로운 삶을 함축적으로 담아낸 것이지요. 사전에서 'deliberately'를 찾아보면 "신중하게, 의도적으로"라는 뜻도 있지만 "천천히, 느릿느릿하게"라는 의미도 있습니다. 그리고 의도적으로 살아간다는 것은 홀로 그 삶의 방식을 선택한다는 것이겠지요. 그러니까 이 deliberately라는 단어 하나에는 이 책의 제목이기도 한 '홀로 천천히 자유롭게'라는 소로의 가르침이 그대로 들어있는 셈입니다.

사실 《홀로 천천히 자유롭게》는 요즘 같이 모든 게 빠르게 돌아가고 경쟁이 치열한 세상에는 전혀 어울리지 않습니다. 좀 한가해 보일 뿐만 아니라 그렇다고 해서 요즘 서점가에서 유행처럼 쓰이는 그런 '섹시한' 제목도 아닙니다. 하지만 소로가 찾으려 했던 해답이 바로 이것이라고 생각합니다. 2년 2개월이라는 짧지 않은 시간을 월든 호숫가에서 혼자 오두막을 짓고 콩밭을 가꾸고 사색하고 산책하면서 소로가 깨달은 것은 삶이란 너무나 소중한 것이며, 그러므로 그 무엇도 단념하지 말고 아주 깊게 강인하게 살아야 한다는 것이었기 때문입니다.

《월든》을 읽는다는 것은 소로의 이런 깨달음을 가슴에 새기는 일입니다. 내가 《월든》에 감사하는 이유는 소로가 나로

하여금 살아가는 방법을 다시 생각해보도록 해주었기 때문입니다. 나는 《월든》을 읽고 나서 세상을 바라보는 방식을 바꿀 수 있었습니다. 그리고 소로 덕분에 비로소 내 인생을, 또 이 세상을 어떻게 살아가야 하는지 알게 됐습니다.

그렇게 혼자서 《월든》 공부를 시작한 지도 10년이 됐습니다. 3년 전부터는 계절별로 한 번씩 내 나름대로 커리큘럼을 만들어 '월든 강의'를 하고 있습니다. 얼마 전에는 《월든》을 좋아하고 소로를 사랑하는 이들과 함께 '월든 스쿨'이라는 작은 모임을 만들어 여행을 다녀오기도 했습니다. 소로는 말하기를, 진정한 삶을 시작하는 것은 먼 나라로 여행을 떠나는 일과 같다고 했습니다. 여행은 무엇보다 발걸음이 가벼워야 합니다. 하지만 배낭을 아무리 깃털처럼 가볍게 꾸리더라도 책 한 권만은 동반자처럼 넣어가야 합니다.

이 책의 맨 처음 기획 의도는 이처럼 여행 중에도 언제든 소로의 가르침을 꺼내 읽을 수 있도록 《월든》의 주요 구절들을 소책자로 엮어보자는 것이었습니다. 여기에 덧붙여 가능한 한 낭독하기 쉽도록 옮겨보고, 소로의 독특한 개성과 호흡이 배어있는 영어 원문을 함께 싣자는 편집 원칙도 더해졌습니다.

그동안 많은 지인들에게 《월든》을 선물해주었는데, 한참

뒤에 읽어봤느냐고 물어보면 열이면 아홉이 다 못 읽었다고 합니다. 이유를 들어보니 앞부분을 조금 읽어보니까 재미가 없고 지루해 덮어버렸다는 겁니다. 그럴 만도 한 것이 뚜렷한 줄거리도 없고, 시대와 배경 자체도 지금의 우리와 사뭇 다른 책이니까요. 그럴 때 소로와 친해지는 가장 좋은 방법은 《월든》의 한두 구절을 낭독하는 것입니다. 작은 소리로라도 천천히 소리 내어 읽으면 금세 달라집니다. 마치 소로의 말소리가 내 귓속으로 들어오는 것 같은 착각이 들 때가 틀림없이 있을 겁니다.

생전에 《월든》을 좋아했던 법정 스님의 말씀처럼 훌륭한 고전은 "눈으로 읽지 않고 자신의 목소리로 두런두런 소리 내어 읽을 때 그 메아리가 영혼에까지 울리는 법"입니다. 《월든》 역시 혼자서 조용히 아무 구절이나 소리 내어 읽으면 그 의미가 마음속 깊이 전해집니다. 끝으로 그동안 '월든 강의'를 계속할 수 있도록 힘을 실어준 백성혜 님과 '월든 스쿨' 모임을 물심양면 지원해주신 강홍구 선배께 이 자리를 빌려 깊은 감사를 드립니다.

박정태

의도적으로 산다는 것

내가 숲 속으로 들어간 이유는 인생을 의도적으로 살아보기 위해서였다. 오로지 인생의 본질적인 사실들만을 상대한 다음, 삶이 가르쳐주는 내용을 내가 배울 수 있는지 알아보고, 그리하여 죽음을 맞이했을 때 내가 헛된 삶을 살았구나 하고 후회하는 일이 없도록 하기 위해서였다. 나는 삶이 아닌 것은 살지 않으려고 했으니 산다는 것은 그토록 소중한 것이다. 나는 정말 그것이 꼭 필요한 경우가 아니라면 그 무엇도 단념하고 싶지 않았다. 나는 인생을 깊게 살아 그 모든 골수를 빼먹고자 했고, 스파르타 인처럼 아주 강인하게 살아 삶이 아닌 것은 모두 때려 엎으려 했다. 수풀을 넓게 베어내고 잡초들도 잘라낸 다음 인생을 한쪽으로 몰고가 그것을 최소한의 요소로 압축시켜 그 결과 인생이 비천한 것으로 드러난다면 그 비천함의 적나라한 전부를 확인해 있는 그대로 세상에 알리고, 만일 인생이 숭고한 것으로 판명 난다면 그 숭고함을 체험을 통해 알아내 다음 번 여행 때 그것을 제대로 설명해보고 싶었다.

I Wished to Live Deliberately

I went to the woods because I wished to live deliberately, to front only the essential facts of life, and see if I could not learn what it had to teach, and not, when I came to die, discover that I had not lived. I did not wish to live what was not life, living is so dear; nor did I wish to practice resignation, unless it was quite necessary. I wanted to live deep and suck out all the marrow of life, to live so sturdily and Spartan-like as to put to rout all that was not life, to cut a broad swath and shave close, to drive life into a corner, and reduce it to its lowest terms, and, if it proved to be mean, why then to get the whole and genuine meanness of it, and publish its meanness to the world; or if it were sublime, to know it by experience, and be able to give a true account of it in my next excursion.

누가 이들을 흙의 노예로 만들었는가

나는 이 고장의 젊은이들이 불행하게도 농장과 주택, 창고, 가축, 온갖 농기구들을 유산으로 물려받는 것을 본다. 이런 것들은 일단 얻으면 버리기가 쉽지 않다. 이들은 차라리 드넓은 초원에서 태어나 늑대의 젖을 먹고 자랐더라면 더 나았을 것이다. 그랬다면 자신이 힘들여 가꾸어야 할 땅이 어떤 것인지 더욱 분명하게 볼 수 있었을 것이다. 누가 이들을 흙의 노예로 만들었는가? 왜 한 펙의 먼지만 먹어도 될 것을 60에이커나 되는 흙을 먹어야 하는가? 왜 태어나는 순간부터 무덤을 파기 시작해야 하는가? 이들은 이런 온갖 소유물을 앞으로 짊어진 채 어렵사리 한평생을 살아가야 하는 것이다. 불멸의 영혼을 지닌 가련한 사람들이 등에 진 짐의 무게에 짓눌려 숨도 제대로 쉬지 못하면서 길이 75피트, 폭 40피트의 곡식창고와 한 번도 청소하지 않은 아우게이아스 왕의 외양간처럼 더럽기 짝이 없는 외양간, 여기에다 100에이커나 되는 토지와 풀밭, 목초지와 삼림을 힘겹게 밀고 가면서 고된 인생 길을 걸어가는 것을 나는 수없이 보아왔다! 유산을 물려받지 않아 그런 불필요한 짐과 싸우지 않아도 되는 사람들은 또 자그마한 육신 하나의 욕구를 채우고 가꾸는 데도 힘겨워한다.

Serfs of the Soil

I see young men, my townsmen, whose misfortune it is to have inherited farms, houses, barns, cattle, and farming tools; for these are more easily acquired than got rid of. Better if they had been born in the open pasture and suckled by a wolf, that they might have seen with clearer eyes what field they were called to labor in. Who made them serfs of the soil? Why should they eat their sixty acres, when man is condemned to eat only his peck of dirt? Why should they begin digging their graves as soon as they are born? They have got to live a man's life, pushing all these things before them, and get on as well as they can. How many a poor immortal soul have I met well-nigh crushed and smothered under its load, creeping down the road of life, pushing before it a barn seventy-five feet by forty, its Augean stables never cleansed, and one hundred acres of land, tillage, mowing, pasture, and woodlot! The portionless, who struggle with no such unnecessary inherited encumbrances, find it labor enough to subdue and cultivate a few cubic feet of flesh.

어리석은 자의 인생

그러나 사람들은 그릇된 생각 때문에 고생하고 있는 것이다. 사람의 육신은 조만간 땅에 묻혀 퇴비로 변한다. 사람들은 흔히 필요성이라고 불리는 거짓 운명의 말을 듣고는 성경 말씀처럼 좀이 파먹고 녹이 슬며 도둑이 몰래 훔쳐갈 재물을 모으느라 정신이 없다. 그러나 인생이 끝날 무렵에는 알게 되겠지만 이것은 어리석은 자의 인생이다.

A Fool's Life

But men labor under a mistake. The better part of the man is soon plowed into the soil for compost. By a seeming fate, commonly called necessity, they are employed, as it says in an old book, laying up treasures which moth and rust will corrupt and thieves break through and steal. It is a fool's life, as they will find when they get to the end of it, if not before.

자기 자신의 노예 감독일 때

우리가 흑인 노예제도라고 하는, 천박하면서도 다소 낯선 형태의 인간 예속 제도에 관심을 가질 정도로 태평스럽다는 사실이 참으로 놀랍기만 하다. 지금 남부와 북부에는 아주 교묘하고 치밀한 방법으로 사람들을 노예로 부려먹는 주인들이 수없이 많은데도 말이다. 남부의 노예 감독 밑에서 일하는 것도 힘들지만 북부의 노예 감독 밑에서 일하는 것은 더욱 고달프다. 그러나 가장 끔찍한 것은 자신이 바로 자기 자신의 노예 감독일 때다.

When You Are the Slave-driver of Yourself

I sometimes wonder that we can be so frivolous, I may almost say, as to attend to the gross but somewhat foreign form of servitude called Negro Slavery, there are so many keen and subtle masters that enslave both North and South. It is hard to have a Southern overseer; it is worse to have a Northern one; but worst of all when you are the slave-driver of yourself.

모든 변화는 기적이다

너무나도 철저하게 또 순진하게 지금과 같은 삶을 믿고 따르며 살아가다 보니 우리는 변화의 가능성조차 부인하게 됐다. 우리는 이 길밖에는 다른 도리가 없다고 말한다. 그러나 원의 중심에서 원의 둘레를 잇는 반지름을 몇 개라도 그을 수 있듯이 길은 얼마든지 있다. 잘 생각해보면 모든 변화는 기적이라고 할 수 있다. 하지만 그 기적은 매 순간 일어나고 있는 것이다. 공자는 말하기를 "아는 것을 안다고 하고 모르는 것을 모른다고 하는 것이 곧 진실로 아는 것"이라고 했다. 우리 각자가 그저 머릿속으로만 상상하는 사실을 가슴으로 이해하는 사실로 바꾸어 놓을 때 비로소 우리 모두는 그 토대 위에 자신의 인생을 세울 수 있을 것이라고 나는 생각한다.

All Change Is a Miracle

So thoroughly and sincerely are we compelled to live, reverencing our life, and denying the possibility of change. This is the only way, we say; but there are as many ways as there can be drawn radii from one center. All change is a miracle to contemplate; but it is a miracle which is taking place every instant. Confucius said, "To know that we know what we know, and that we do not know what we do not know, that is true knowledge." When one man has reduced a fact of the imagination to be a fact to his understanding, I foresee that all men at length establish their lives on that basis.

철학자로 산다는 것은

오늘날 철학교수는 있지만 철학자는 없다. 옛날에는 철학자로 사는 것이 보람 있는 일이었다면 이제는 대학 강단에 서는 것이 존경 받는 세상이 됐다. 철학자가 된다는 것은 단지 심오한 사색을 한다거나 어떤 학파를 세우는 일이 아니라 지혜를 사랑하고 그것의 가르침에 따라 소박하고 독립적인 삶, 도량 있고 믿음을 주는 삶을 살아가는 것을 의미한다. 그것은 또한 인생의 문제들을 얼마만이라도 이론적으로뿐만 아니라 실제적으로 해결하는 것이다. 요즘 대단하다고 하는 학자들과 사상가들의 성공은 위엄이 있지도 않고 남자답지도 않은, 대개는 아첨하는 신하로서의 성공이다. 그들은 자기 선조들이 그랬던 것처럼 적당히 타협하면서 그럭저럭 살아가는데, 그러다 보니 고귀한 인류의 선구자가 될 리 만무한 것이다.

To Be a Philosopher

There are nowadays professors of philosophy, but not philosophers. Yet it is admirable to profess because it was once admirable to live. To be a philosopher is not merely to have subtle thoughts, nor even to found a school, but so to love wisdom as to live according to its dictates, a life of simplicity, independence, magnanimity, and trust. It is to solve some of the problems of life, not only theoretically, but practically. The success of great scholars and thinkers is commonly a courtier-like success, not kingly, not manly. They make shift to live merely by conformity, practically as their fathers did, and are in no sense the progenitors of a noble race of men.

자연을 미리 내다볼 수 있다면

일출과 새벽뿐만 아니라 가능하다면 자연 그 자체를 미리 내다볼 수 있다면! 얼마나 많은 여름날과 겨울날 아침에 마을사람 누구도 일어나 일을 시작하기 전에 나는 이미 내 일을 하고 있었던가! 어스름 새벽녘에 보스턴으로 떠나는 농부들이나 일하러 가는 나무꾼처럼 많은 동네사람들이 이미 일을 마치고 돌아오는 나와 마주쳤다. 해가 뜨는 것을 실제로 돕지는 못했지만 해가 뜨는 현장에 있었다는 건 참 대단한 일이었다. 얼마나 많은 가을날과 겨울날에 마을 밖으로 나가 바람 속에 들어있는 소식을 들으려고 했으며, 또 그 소식을 지급으로 전하려고 했던가! 나는 여기에 내 자본금 전부를 털어 넣었을 뿐만 아니라 바람을 정면으로 맞다가 숨까지 끊어질 뻔했다. 그 소식이 정치권과 관계된 것이었다면 틀림없이 신문에 속보로 나왔을 것이다. 어떤 때는 새로운 소식이라도 있으면 지급으로 알리기 위해 절벽이나 나무 위의 망루에 올라가 사방을 둘러보았다. 저녁때는 언덕 위에 올라가 하늘이 무너져 내리기를, 그리하여 무엇이라도 떨어지면 그것을 잡으려고 기다리곤 했다. 하지만 뭐 대단한 것도 잡지 못했으니, 그나마 잡았다 하더라도 만나처럼 햇빛에 녹아버렸을 것이다.

To Anticipate Nature Herself

To anticipate, not the sunrise and the dawn merely, but, if possible, Nature herself! How many mornings, summer and winter, before yet any neighbor was stirring about his business, have I been about mine! No doubt, many of my townsmen have met me returning from this enterprise, farmers starting for Boston in the twilight, or woodchoppers going to their work. It is true, I never assisted the sun materially in his rising, but, doubt not, it was of the last importance only to be present at it. So many autumn, ay, and winter days, spent outside the town, trying to hear what was in the wind, to hear and carry it express! I wellnigh sunk all my capital in it, and lost my own breath into the bargain, running in the face of it. If it had concerned either of the political parties, depend upon it, it would have appeared in the Gazette with the earliest intelligence. At other times watching from the observatory of some cliff or tree, to telegraph any new arrival; or waiting at evening on the hill-tops for the sky to fall, that I might catch something, though I never caught much, and that, manna-wise, would dissolve again in the sun.

수고 그 자체가 보상이었다

오랫동안 나는 발행부수가 그다지 많지 않은 한 저널의 필자로 있었는데 그 저널의 편집자는 내가 기고한 글 대부분을 싣기에 적당치 않다고 생각했다. 결국 작가들이 대개 그렇듯 나 역시 헛고생만 한 셈이 됐다. 하지만 이런 경우에는 수고 그 자체가 충분한 보상이 되어주었다. 여러 해 동안 나는 눈보라와 폭풍우의 관찰자로 스스로를 임명하고 충실히 내 직무를 수행했다. 또 측량기사로서 큰길은 아니더라도 숲길이나 지름길들을 전부 답사해 그것들이 막히는 일이 없도록 했으며, 사람들이 다닌 흔적이 있어 그 쓸모가 입증된 곳은 계곡에 다리를 놓아 사계절 내내 사람이 다닐 수 있도록 했다.

My Pains Were Their Own Reward

For a long time I was reporter to a journal, of no very wide circulation, whose editor has never yet seen fit to print the bulk of my contributions, and, as is too common with writers, I got only my labor for my pains. However, in this case my pains were their own reward. For many years I was self-appointed inspector of snow-storms and rain-storms, and did my duty faithfully; surveyor, if not of highways, then of forest paths and all across-lot routes, keeping them open, and ravines bridged and passable at all seasons, where the public heel had testified to their utility.

어떻게 하면 팔지 않아도 될 것인가

나 역시 올이 촘촘한 바구니 하나를 엮어보았으나 다른 사람이 그것을 살 만한 것으로 만들지는 못했다. 하지만 내 경우에는 그 바구니를 엮는 게 그래도 가치 있는 일이었다고 생각한다. 나는 어떻게 하면 사람들이 내가 만드는 바구니를 사도록 할 것인가를 연구하는 대신 어떻게 하면 굳이 팔지 않아도 될 것인가를 연구했다. 사람들이 성공한 삶이라고 여기고 높이 평가하는 인생은 단지 한 종류의 삶에 지나지 않는다. 다른 방식의 많은 삶을 무시하면서 굳이 한 종류의 삶을 과대평가하는 까닭은 무엇인가?

How to Avoid the Necessity of Selling

I too had woven a kind of basket of a delicate texture, but I had not made it worth any one's while to buy them. Yet not the less, in my case, did I think it worth my while to weave them, and instead of studying how to make it worth men's while to buy my baskets, I studied rather how to avoid the necessity of selling them. The life which men praise and regard as successful is but one kind. Why should we exaggerate any one kind at the expense of the others?

월든 호숫가로 간 목적

나의 동료 시민들이 내게 법원의 일자리나 부목사직 혹은 다른 일자리를 줄 생각이 없으며 결국 나 스스로 생계를 책임져야 한다는 것을 깨닫자 내 시선은 더욱더 숲으로 향하게 되었다. 그곳에서 나는 잘 알려진 편이었다. 나는 기본적인 자본금이 모일 때까지 기다리지 않고 보잘것없지만 당장의 내 능력만 갖고 곧바로 사업에 뛰어들기로 했다. 내가 월든 호숫가로 간 목적은 그곳에서 적은 생활비로 살아가거나 혹은 여유롭게 살아보자는 것이 아니라 누구의 방해도 받지 않고 내 개인적인 용무를 보자는 것이었다. 몇 가지 상식과 약간의 사업적 재능만 있으면 충분히 해낼 수 있는 일을 제대로 하지 못한다는 것은 슬프기보다는 차라리 바보 같은 것이니 말이다.

I Determined to Go into Business at once

Finding that my fellow-citizens were not likely to offer me any room in the court house, or any curacy or living anywhere else, but I must shift for myself, I turned my face more exclusively than ever to the woods, where I was better known. I determined to go into business at once, and not wait to acquire the usual capital, using such slender means as I had already got. My purpose in going to Walden Pond was not to live cheaply nor to live dearly there, but to transact some private business with the fewest obstacles; to be hindered from accomplishing which for want of a little common sense, a little enterprise and business talent, appeared not so sad as foolish.

유행의 여신

우리는 미의 여신이나 운명의 여신이 아니라 유행의 여신을 숭배하고 있다. 이 유행의 여신은 전권을 쥐고서 실을 뽑아 옷감을 짜고 옷을 재단한다. 파리에 있는 두목 원숭이가 어떤 여행자용 모자를 쓰면 미국에 있는 모든 원숭이들이 그것과 똑같은 모자를 쓰는 식이다.

We Worship Fashion

We worship not the Graces, nor the Parcae, but Fashion. She spins and weaves and cuts with full authority. The head monkey at Paris puts on a traveller's cap, and all the monkeys in America do the same.

왜 가난하게 사는가

집이라는 것이 무엇인지 대부분의 사람들은 전혀 생각해보지 않는 것 같다. 그들은 이웃이 소유하고 있는 정도의 집은 나도 가져야겠다고 생각한 나머지, 가난하게 살지 않아도 될 것을 평생 가난에 쪼들리며 살고 있다. 그건 마치 재단사가 만들어주는 훌륭한 옷을 입는 사람이, 평소에 쓰던 종려나무 잎이나 우드척 가죽으로 만든 모자는 벗어 던지고 자신이 왕관을 살 여유가 없다며 생활고를 한탄하는 것이나 다름없다! 우리는 지금보다 더 안락하고 호화로운 집을 얼마든지 지어낼 수 있을 것이다. 사람들이 그런 집을 구입할 능력이 없더라도 말이다.

Needlessly Poor All Their Lives

Most men appear never to have considered what a house is, and are actually though needlessly poor all their lives because they think that they must have such a one as their neighbors have. As if one were to wear any sort of coat which the tailor might cut out for him, or, gradually leaving off palm-leaf hat or cap of woodchuck skin, complain of hard times because he could not afford to buy him a crown! It is possible to invent a house still more convenient and luxurious than we have, which yet all would admit that man could not afford to pay for.

차라리 들에 나가 앉고 싶다

예전에 내 책상 위에는 작은 석회석 세 개가 놓여 있었는데, 매일 한 번씩 이것들의 먼지를 털어주어야 한다는 것을 알고는 기겁을 했다. 내 마음속 가구에 쌓인 먼지도 아직 다 털어내지 못하고 있는데, 나는 싫은 생각이 들어 이 돌들을 창 밖으로 내던져버렸다. 그러니 내가 어떻게 가구 딸린 집에 살 수 있겠는가? 차라리 나는 들에 나가 앉아 있고 싶다. 사람이 땅을 파헤치지만 않으면 풀잎 위에는 먼지 하나 앉지 않으니 말이다.

I Would Rather Sit in the Open Air

I had three pieces of limestone on my desk, but I was terrified to find that they required to be dusted daily, when the furniture of my mind was all undusted still, and threw them out the window in disgust. How, then, could I have a furnished house? I would rather sit in the open air, for no dust gathers on the grass, unless where man has broken ground.

도구의 도구가 되어버린 사람들

나는 여러 사람들 틈에 끼어 열차의 벨벳 방석에 앉아 여행하느니 차라리 호박 한 덩이 위에 혼자 앉아 여행하고 싶다. 가는 내내 유독한 공기를 마시며 호화 유람 열차를 타고 천국에 가느니 차라리 소달구지에 올라타고서 신선한 공기를 마시며 땅 위를 돌아다니고 싶다. 원시시대의 인간이 간소하게 아무것도 걸치지 않고 생활한 것은 그것이 자연 속에 계속 살면서도 잠시 머물렀다 다른 곳으로 떠나는 여행자의 삶에 유리했기 때문이다. 먹을 것과 잠으로 원기를 회복하고 나면 그는 새로운 여정을 생각했다. 그는 이 세상을 천막 삼아 기거했으며, 골짜기를 누비고 평원을 건너고 산마루에 오르기도 했다. 그러나 아, 인간들은 이제 자기가 쓰는 도구의 도구가 돼버렸다. 배가 고프면 마음대로 과일을 따먹던 인간이 이제는 농부가 되었다. 나무 밑에 들어가 몸을 뉘였던 인간이 주택의 소유자가 되었다. 우리는 더 이상 바깥에서 밤을 보내지 않게 됐다. 땅 위에 정착하고 나자 하늘을 잊어버렸다. 우리는 기독교를 단지 더 나은 토지 경작 방법으로만 받아들였다. 우리는 현세를 위해서는 가족의 저택을 마련했고 내세를 위해서는 가족 묘지를 마련했다.

The Tools of Their Tools

I would rather sit on a pumpkin and have it all to myself than be crowded on a velvet cushion. I would rather ride on earth in an ox cart, with a free circulation, than go to heaven in the fancy car of an excursion train and breathe a malaria all the way. The very simplicity and nakedness of man's life in the primitive ages imply this advantage, at least, that they left him still but a sojourner in nature. When he was refreshed with food and sleep, he contemplated his journey again. He dwelt, as it were, in a tent in this world, and was either threading the valleys, or crossing the plains, or climbing the mountain-tops. But lo! men have become the tools of their tools. The man who independently plucked the fruits when he was hungry is become a farmer; and he who stood under a tree for shelter, a housekeeper. We now no longer camp as for a night, but have settled down on earth and forgotten heaven. We have adopted Christianity merely as an improved method of agri-culture. We have built for this world a family mansion, and for the next a family tomb.

집 짓는 일의 즐거움

사람들이 자기 손으로 집을 짓고, 소박하고 정직한 방법으로 자신과 가족을 벌어 먹인다면 마치 새들이 그런 일을 하면서 항상 노래하듯 누구든 시적 재능이 피어나지 않겠는가? 그러나 안타깝게도 우리는 찌르레기나 뻐꾸기처럼 행동하고 있다. 다른 새들이 지어놓은 둥지에 자기 알을 낳는 이 새들의 시끄러운 울음소리는 어떤 여행자도 즐겁게 해주지 못한다. 우리는 집 짓는 일의 즐거움을 영원히 목수에게 넘겨주고 말 것인가? 대부분의 사람들이 갖고 있는 경험 가운데 집 짓는 일의 비중은 어느 정도인가? 자기 집을 짓는 것처럼 단순하면서도 자연스러운 일을 하는 사람을 나는 아직까지 단 한 명도 만난 적이 없다.

The Pleasure of Building His House

Who knows but if men constructed their dwellings with their own hands, and provided food for themselves and families simply and honestly enough, the poetic faculty would be universally developed, as birds universally sing when they are so engaged? But alas! we do like cowbirds and cuckoos, which lay their eggs in nests which other birds have built, and cheer no traveller with their chattering and unmusical notes. Shall we forever resign the pleasure of construction to the carpenter? What does architecture amount to in the experience of the mass of men? I never in all my walks came across a man engaged in so simple and natural an occupation as building his house.

삶의 경제학

대학을 졸업하면서 내가 재학 중에 항해학 과목을 수강했다는 사실을 알고는 깜짝 놀랐다! 세상에, 차라리 배 한 척을 직접 몰고 항구 밖으로 한 번만이라도 나갔더라면 훨씬 더 많이 배웠을 것이다. 가난한 학생들까지도 정치경제학만 공부하고 강의를 듣고 있을 뿐, 철학과 동의어라고 할 수 있는 삶의 경제학은 대학에서 진지하게 가르치지 않고 있다. 그러다 보니 학생들이 애덤 스미스와 리카도, 세이의 경제학을 공부하고 있는 동안 학생의 아버지는 헤어날 수 없는 빚더미에 빠져들고 마는 것이다. 우리 대학들의 이런 상황은 수백 가지 "현대적 개선"이라는 것들에도 똑같이 나타나고 있다. 거기에는 어떤 환상이 있다. 항상 긍정적인 발전만 있는 게 아니다. "현대적 개선"이라는 것들에는 악마가 처음부터 또 계속해서 투자해놓은 몫이 있는데, 악마는 이 몫에 대해 가혹한 복리를 짜내는 것이다. 우리의 발명품들은 진지한 일로부터 우리의 관심을 빼앗아가는 예쁘장한 장난감인 경우가 많다. 그것들은 개선되지 않은 목적을 이루기 위한 개선된 수단에 지나지 않으며, 그 목적이란 힘들게 건설한 철로가 기껏해야 보스턴이나 뉴욕을 향하듯이 새로운 발명품 없이도 너무 쉽게 도달할 수 있는 것들이다.

Economy of Living

To my astonishment I was informed on leaving college that I had studied navigation!—why, if I had taken one turn down the harbor I should have known more about it. Even the *poor* student studies and is taught only *political* economy, while that economy of living which is synonymous with philosophy is not even sincerely professed in our colleges. The consequence is, that while he is reading Adam Smith, Ricardo, and Say, he runs his father in debt irretrievably. As with our colleges, so with a hundred "modern improvements"; there is an illusion about them; there is not always a positive advance. The devil goes on exacting compound interest to the last for his early share and numerous succeeding investments in them. Our inventions are wont to be pretty toys, which distract our attention from serious things. They are but improved means to an unimproved end, an end which it was already but too easy to arrive at; as railroads lead to Boston or New York.

당장 시를 쓰라

사람들은 주식을 공모해 회사를 세우고 인부들을 고용해 철도 공사를 계속하다 보면 언젠가는 누구나 빠른 시간 안에 무료로 어딘가로 여행하게 될 것이라고 막연하게 생각한다. 하지만 막상 손님들이 기차역에 몰려들고 차장이 "승차!" 하고 소리치고 기관차의 연기가 걷히고 증기가 물방울이 된 다음에 보면, 기차에 탄 사람은 몇 명 되지 않고 나머지는 여전히 뒤에 남겨진 것을 알게 될 것이다. 이건 "안타까운 사건"이라고 불릴 것이고 또 사실 그렇기도 하다. 물론 오래 살아남아 차비라도 벌어놓은 사람은 언젠가는 기차를 타게 되겠지만 그때는 삶의 활력이나 여행을 떠나고 싶은 마음이 사라진 다음일 것이다. 이처럼 쓸모 없는 노년기에 미심쩍은 자유를 누리기 위해 인생의 황금기를 돈 버는 일로 보내는 사람들을 보면 훗날 고국에 돌아와 시인으로 살기 위해 먼저 인도로 돈 벌러 떠났던 어떤 영국인이 생각난다. 그는 당장 다락방에 올라가 시를 써야 했다.

The Best Part of One's Life

Men have an indistinct notion that if they keep up this activity of joint stocks and spades long enough all will at length ride somewhere, in next to no time, and for nothing; but though a crowd rushes to the depot, and the conductor shouts "All aboard!" when the smoke is blown away and the vapor condensed, it will be perceived that a few are riding, but the rest are run over–and it will be called, and will be, "A melancholy accident." No doubt they can ride at last who shall have earned their fare, that is, if they survive so long, but they will probably have lost their elasticity and desire to travel by that time. This spending of the best part of one's life earning money in order to enjoy a questionable liberty during the least valuable part of it reminds me of the Englishman who went to India to make a fortune first, in order that he might return to England and live the life of a poet. He should have gone up garret at once.

피라미드

많은 민족들이 망치로 다듬은 거대한 석상의 양으로 자신들에 대한 기억을 영원히 남기겠다는 정신 나간 야망에 사로잡혀 있다. 그만한 노력을 그들 자신의 품행을 가다듬는 데 바쳤다면 그게 더 낫지 않았을까? 달까지 솟아오른 기념비보다 한 조각의 양식이 더 기억할 만한 것이니 말이다. 나는 차라리 돌들이 제자리에 있는 걸 보고 싶다. 테베의 광채는 천박한 광채일 뿐이다. 대문이 100개나 되지만 인생의 참다운 목적에서 멀어져 버린 테베의 신전보다는 어느 정직한 사람의 밭을 둘러싸고 있는 작은 돌담이 더 의미 있다. 야만스럽고 이교도적인 종교와 문명은 화려한 신전들을 짓는다. 그러나 진짜 기독교인이라면 그런 짓은 하지 않는다. 한 민족이 다듬은 돌은 대부분 무덤을 만드는 데 쓰인다. 돌들을 생매장하는 셈이다. 피라미드라는 것도 그렇다. 어떤 야심만만한 얼간이의 무덤을 만드느라 그토록 많은 사람들이 그들의 인생을 허비하도록 강요되었다는 사실 말고는 별로 놀라울 것이 없다. 차라리 그 얼간이를 나일강에 빠뜨려 죽인 다음 그 시신을 개들한테 주어버렸다면 그것이 더 현명하고 당당했을 것이다.

Pyramids

Nations are possessed with an insane ambition to perpetuate the memory of themselves by the amount of hammered stone they leave. What if equal pains were taken to smooth and polish their manners? One piece of good sense would be more memorable than a monument as high as the moon. I love better to see stones in place. The grandeur of Thebes was a vulgar grandeur. More sensible is a rod of stone wall that bounds an honest man's field than a hundred-gated Thebes that has wandered farther from the true end of life. The religion and civilization which are barbaric and heathenish build splendid temples; but what you might call Christianity does not. Most of the stone a nation hammers goes toward its tomb only. It buries itself alive. As for the Pyramids, there is nothing to wonder at in them so much as the fact that so many men could be found degraded enough to spend their lives constructing a tomb for some ambitious booby, whom it would have been wiser and manlier to have drowned in the Nile, and then given his body to the dogs.

6주의 노동만으로

나는 5년 이상을 오로지 육체 노동만으로 생계를 유지해 왔는데, 그 결과 한 해에 대략 여섯 주만 일해도 살아가는 데 필요한 모든 비용을 댈 수 있다는 것을 알게 됐다. 나는 여름의 대부분과 겨울의 전부를 마음 놓고 공부하는 데 쓸 수 있었다. 예전에 학교를 운영하는 데 전념해 본 적도 있었는데, 내가 지출한 비용이 수입과 비슷하거나 오히려 초과하는 것을 발견했다. 교육자로서 그에 상응하는 어법과 믿음을 지켜야 한 것은 물론이고 복장과 수업에도 신경을 많이 써야 했으며 그러다 보니 이래저래 시간을 많이 빼앗겼던 것이다. 더구나 같은 인간을 더 나은 사람으로 만들기 위해서가 아니라 단지 나 자신의 생활비를 벌기 위한 목적으로 아이들을 가르쳤으니 이미 그것부터 실패였다. 나는 또 장사도 해보았지만 사업이란 게 제대로 굴러가려면 10년은 걸리는 데다 그때쯤이면 내가 도덕적으로 막다른 길을 걷고 있을지 모른다는 점을 알게 됐다. 그러자 사람들이 말하듯이 사업에 성공하게 될까 봐 차라리 두렵게 느껴졌다.

Working about Six Weeks in a Year

For more than five years I maintained myself thus solely by the labor of my hands, and I found that, by working about six weeks in a year, I could meet all the expenses of living. The whole of my winters, as well as most of my summers, I had free and clear for study. I have thoroughly tried school-keeping, and found that my expenses were in proportion, or rather out of proportion, to my income, for I was obliged to dress and train, not to say think and believe, accordingly, and I lost my time into the bargain. As I did not teach for the good of my fellow-men, but simply for a livelihood, this was a failure. I have tried trade but I found that it would take ten years to get under way in that, and that then I should probably be on my way to the devil. I was actually afraid that I might by that time be doing what is called a good business.

시간을 허비하고 싶지 않다

내가 그 무엇보다 얽매임 없는 자유를 소중히 여기듯 나에게는 특별히 선호하는 것들이 있다. 나는 가난하게 살더라도 얼마든지 성공적인 삶을 꾸려갈 수 있으므로 값비싼 카펫이나 호화로운 가구, 맛있는 요리, 그리스나 고딕 양식의 저택을 살 돈을 마련하는 데 내 시간을 허비하고 싶지 않다. 만일 이런 것들을 얻는 데 아무런 어려움도 없고, 또 얻은 다음에 그것들을 사용하는 방법까지 아는 사람들이 있다면 그런 사람들이나 실컷 그런 것들을 좇으라고 하고 싶다. 어떤 사람들은 "부지런하고" 일하는 것 자체가 좋아서, 혹은 일을 하지 않으면 나쁜 길로 빠져들까 봐 일을 열심히 하는 것처럼 보인다. 지금 당장은 그런 사람들에게 해줄 말이 없다.

I Do Not Wish To Spend My Time

As I preferred some things to others, and especially valued my freedom, as I could fare hard and yet succeed well, I did not wish to spend my time in earning rich carpets or other fine furniture, or delicate cookery, or a house in the Grecian or the Gothic style just yet. If there are any to whom it is no interruption to acquire these things, and who know how to use them when acquired, I relinquish to them the pursuit. Some are "industrious," and appear to love labor for its own sake, or perhaps because it keeps them out of worse mischief; to such I have at present nothing to say.

소박하고 현명하게 생활한다면

나는 체험을 통해 날품팔이야말로 어떤 직업보다 자유로운 직업임을 알게 됐는데, 1년에 30일에서 40일만 일하면 한 사람 먹고 사는 데 충분했다. 날품팔이 일이란 해가 지는 시점에 끝나기 때문에 나머지 시간은 일과 관계없이 자기 하고 싶은 일을 마음대로 할 수 있다. 그러나 매달 돈벌이 걱정을 해야 하는 그의 고용주는 1년 내내 숨돌릴 틈이 없다. 단언컨대 나는 신념과 경험에 의해 이렇게 확신하게 됐다. 우리가 소박하고 현명하게 생활한다면 이 세상에서 생계를 유지하는 것은 힘든 일이 아니라 오히려 즐거운 일이라고 말이다. 소박하게 살아가는 민족이 생계상 늘 하는 일을 인위적으로 살아가는 민족은 이제 오락거리로밖에는 할 수 없게 됐다. 땀을 쉽게 흘리는 사람이 아니라면 구태여 이마에 땀을 흘려가면서까지 밥벌이를 할 필요는 없는 것이다.

Live Simply and Wisely

For myself I found that the occupation of a day-laborer was the most independent of any, especially as it required only thirty or forty days in a year to support one. The laborer's day ends with the going down of the sun, and he is then free to devote himself to his chosen pursuit, independent of his labor; but his employer, who speculates from month to month, has no respite from one end of the year to the other. In short, I am convinced, both by faith and experience, that to maintain one's self on this earth is not a hardship but a pastime, if we will live simply and wisely; as the pursuits of the simpler nations are still the sports of the more artificial. It is not necessary that a man should earn his living by the sweat of his brow, unless he sweats easier than I do.

자신만의 고유한 길을 가라

유산으로 몇 에이커에 달하는 토지를 물려받은 젊은이가 내게 말하기를 '무슨 방법만 있다면' 나처럼 살고 싶다고 했다. 하지만 나는 어떤 식으로든 누가 내 생활 방식을 그대로 따르기를 원치 않는다. 그 사람이 내 방식을 제대로 배우기도 전에 나는 또 다른 방식을 찾아낼지도 모를 뿐만 아니라 나는 가능하면 많은 제각기 다른 인간들이 이 세상에 존재해 주기를 바라기 때문이다. 대신 각자가 '자기 자신의 고유한 길'을 조심스럽게 찾아내 그 길을 갔으면 한다. 결코 자기 아버지나 어머니 혹은 이웃 사람이 간 길을 따라가지 말라는 것이다. 젊은이가 건축을 하든 농사를 짓든 배를 타든 그가 하고 싶어하는 일을 하지 못하게 가로막는 짓만은 제발 하지 말자. 항해하는 사람이나 도망 노예가 항상 북극성을 바라보듯 우리는 단 하나의 정확한 지표만 있어도 현명하게 처신할 수 있다. 그러나 우리가 평생 가야 할 길을 밝혀주는 데는 그것 하나만으로도 충분하다. 정해진 시일 안에 항구에 닿지 못할 수도 있겠지만 올바른 길에서 벗어나는 일은 없을 테니 말이다.

Pursue Your Own Way

One young man of my acquaintance, who has inherited some acres, told me that he thought he should live as I did, *if he had the means*. I would not have any one adopt my mode of living on any account; for, beside that before he has fairly learned it I may have found out another for myself, I desire that there may be as many different persons in the world as possible; but I would have each one be very careful to find out and pursue *his own* way, and not his father's or his mother's or his neighbor's instead. The youth may build or plant or sail, only let him not be hindered from doing that which he tells me he would like to do. It is by a mathematical point only that we are wise, as the sailor or the fugitive slave keeps the polestar in his eye; but that is sufficient guidance for all our life. We may not arrive at our port within a calculable period, but we would preserve the true course.

아낌없이 주거나 자유인이 되어라

페르시아의 시인 사아디가 쓴 산문집 《굴리스탄》, 즉 《화원》에서 나는 이런 글을 읽었다. "사람들이 현자에게 묻기를, 지고한 신이 드높고 울창하게 창조한 온갖 이름난 나무들 가운데, 열매도 맺지 않는 삼나무를 빼놓고는 그 어느 나무도 '자유의 나무'라고 불리지 않으니 그게 어찌된 영문입니까, 라고 했다. 현자가 대답했다. 나무란 저 나름의 열매와 자기에 맞는 계절을 가지고 있어 제철에는 싱싱하고 꽃을 피우지만 철이 지나면 마르고 시드는 법이다. 삼나무는 어디에도 속하지 않고 항상 싱싱하다. 자유로운 자들, 즉 종교적으로 독립된 자들은 바로 이런 천성을 가지고 있다. 그러니 그대들도 덧없는 것들에 마음을 두지 말라. 칼리프들이 망한 다음에도 티그리스 강은 바그다드를 지나 영원히 흘러갈 것이다. 그대가 가진 것이 많거든 대추야자나무처럼 아낌없이 나눠주라. 그러나 가진 것이 없거든 삼나무처럼 자유인이 되어라."

Be Liberal or Be Free Man

I read in the Gulistan, or Flower Garden, of Sheik Sadi of Shiraz, that "they asked a wise man, saying: Of the many celebrated trees which the Most High God has created lofty and umbrageous, they call none azad, or free, excepting the cypress, which bears no fruit; what mystery is there in this? He replied, Each has its appropriate produce, and appointed season, during the continuance of which it is fresh and blooming, and during their absence dry and withered; to neither of which states is the cypress exposed, being always flourishing; and of this nature are the azads, or religious independents.–Fix not thy heart on that which is transitory; for the Dijlah, or Tigris, will continue to flow through Bagdad after the race of caliphs is extinct: if thy hand has plenty, be liberal as the date tree; but if it affords nothing to give away, be an azad, or free man, like the cypress."

시인의 권리

나는 어느 시인이 농장에서 가장 값진 부분을 즐기고는 돌아가는 것을 자주 보는데, 이때 성마른 농부는 그 시인이 그저 야생사과 몇 개를 따갔으려니 하고 생각할 뿐이었다. 그도 그럴 것이 농부 입장에서는 그 시인이 자신의 농장을 눈에 보이지 않는 가장 훌륭한 울타리인 운율 안에 옮겨놓고 젖을 짜고 지방분을 걷어낸 다음 크림은 전부 가져갔으며 자기에게는 찌꺼기 우유만 남겨놓았다는 것을 한참이 지나도 눈치조차 채지 못했으니 말이다.

A Poet Put His Farm in Rhyme

I have frequently seen a poet withdraw, having enjoyed the most valuable part of a farm, while the crusty farmer supposed that he had got a few wild apples only. Why, the owner does not know it for many years when a poet has put his farm in rhyme, the most admirable kind of invisible fence, has fairly impounded it, milked it, skimmed it, and got all the cream, and left the farmer only the skimmed milk.

숀티클리어

지금까지 말한 것처럼 나는 절망을 주제로 한 송가(頌歌)를 쓰려는 것이 아니다. 나는 아침에 횃대 위에 올라선 수탉 숀티클리어처럼 한번 호기 있게 큰소리로 외쳐보려는 것이다. 그렇게 해서 겨우 이웃 사람들의 잠이나 깨우더라도 말이다.

Chanticleer

As I have said, I do not propose to write an ode to dejection, but to brag as lustily as chanticleer in the morning, standing on his roost, if only to wake my neighbors up.

늘 새롭고 더럽혀지지 않는 곳

내가 살았던 곳은 밤이면 천문학자들이 관측하는 수많은 곳들처럼 사람들로부터 멀리 떨어져 있었다. 우리는 은하계의 아주 멀고먼 어느 외진 곳 '카시오페이아의 의자'라고 불리는 별자리 너머에 세속의 잡음과 번거로움에서 벗어난 아주 드물고도 기쁨에 넘치는 장소가 있을 것이라고 상상하곤 한다. 내가 살았던 집은 실제로 그렇게 우주의 멀리 떨어진 곳에 자리잡고 있었지만 그곳은 늘 새롭고 더럽혀지지 않는 자리임을 나는 알게 됐다. 만일 플레이아데스 성단이나 히아데스 성단, 알데바란 별이나 알타이르 별 가까이 사는 것이 보람있는 일이라면 나는 실제로 그런 곳에 살았다고 할 수 있다. 그 별들과의 거리만큼이나 내가 버려두고 온 삶으로부터 멀리 떨어져 있었다. 나는 가장 가까운 이웃에게조차 아주 작게 반짝였을 것이고, 그러다 보니 오직 달이 뜨지 않는 밤에나 이웃의 눈에 띄었을 것이다. 내가 자리 잡았던 우주의 한켠은 바로 그런 곳이었다.

Forever New and Unprofaned

Where I lived was as far off as many a region viewed nightly by astronomers. We are wont to imagine rare and delectable places in some remote and more celestial corner of the system, behind the constellation of Cassiopeia's Chair, far from noise and disturbance. I discovered that my house actually had its site in such a withdrawn, but forever new and unprofaned, part of the universe. If it were worth the while to settle in those parts near to the Pleiades or the Hyades, to Aldebaran or Altair, then I was really there, or at an equal remoteness from the life which I had left behind, dwindled and twinkling with as fine a ray to my nearest neighbor, and to be seen only in moonless nights by him. Such was that part of creation where I had squatted.

성스러운 새벽을 맞으라

아침은 언제나 내 삶을 자연 그 자체처럼 소박하고 순결하게 지켜나가라는 초대장 같았다. 나는 오래 전부터 그리스 사람들처럼 새벽의 여신을 숭상해왔다. 나는 아침 일찍 일어나 호수에서 멱을 감았다. 이것은 하나의 종교적 의식이었고 내가 제일 잘했던 일 가운데 하나였다. 중국 탕왕의 욕조에는 이런 말이 새겨져 있었다고 한다. "날마다 그대 자신을 새롭게 하라. 날마다 새롭게 하고 영원히 새롭게 하라." 나는 이 말을 십분 이해한다. 아침은 영웅의 시대를 다시 불러온다. 이른 새벽에 문과 창문을 활짝 열어놓고 앉아 있으면 모기 한 마리가 들릴 듯 말 듯 앵앵거리며 집안을 날아다니는 소리가 들린다. 나는 볼 수도 없고 상상할 수도 없이 날아다니는 모기의 이 날갯짓 소리에 어느 영웅의 명성을 노래한 그 어떤 나팔 소리 못지않은 감동을 받았다. 그것은 호메로스의 진혼곡이었다. 그 자체가 공중에서 울려 퍼지는 《일리아드》와 《오디세이아》 같은 서사시로 자신의 분노와 방황을 노래하고 있었다. 거기에는 우주적인 것이 있었다. 모기의 날갯짓 소리는 이 세계의 끝없는 활력과 번식력을 마지막 순간까지 알리려는 지속적인 광고였다.

Morning Brings Back the Heroic Ages

Every morning was a cheerful invitation to make my life of equal simplicity, and I may say innocence, with Nature herself. I have been as sincere a worshipper of Aurora as the Greeks. I got up early and bathed in the pond; that was a religious exercise, and one of the best things which I did. They say that characters were engraven on the bathing tub of King Tching-thang to this effect: "Renew thyself completely each day; do it again, and again, and forever again." I can understand that. Morning brings back the heroic ages. I was as much affected by the faint hum of a mosquito making its invisible and unimaginable tour through my apartment at earliest dawn, when I was sitting with door and windows open, as I could be by any trumpet that ever sang of fame. It was Homer's requiem; itself an Iliad and Odyssey in the air, singing its own wrath and wanderings. There was something cosmical about it; a standing advertisement, till forbidden, of the everlasting vigor and fertility of the world.

모든 지성은 아침과 함께 깨어난다

단언컨대 모든 기념할 만한 사건은 아침 시간에 그리고 아침의 대기 속에서 이루어진다. 베다의 경전에서는 "모든 지성은 아침과 함께 깨어난다"고 했다. 시와 예술, 그리고 가장 훌륭하고 가장 기억할 만한 인간 활동은 바로 이 시간에 시작된 것이다. 모든 시인과 영웅들은 멤논처럼 새벽의 여신 오로라의 자식들이며, 해가 뜰 때 그들의 음악을 연주한다. 태양과 보조를 맞추어 탄력 있고 힘찬 생각을 유지하는 사람에게 하루는 언제까지나 아침이다. 시계가 몇 시를 가리키든, 사람들이 무엇을 어떻게 하고 있는가는 관계없다. 아침은 내가 깨어있고 내 속에 새벽이 있는 때다. 도덕적 개혁이란 잠을 쫓아내려는 노력에 다름 아니다.

All Intelligences Awake with the Morning

All memorable events, I should say, transpire in morning time and in a morning atmosphere. The Vedas say, "All intelligences awake with the morning." Poetry and art, and the fairest and most memorable of the actions of men, date from such an hour. All poets and heroes, like Memnon, are the children of Aurora, and emit their music at sunrise. To him whose elastic and vigorous thought keeps pace with the sun, the day is a perpetual morning. It matters not what the clocks say or the attitudes and labors of men. Morning is when I am awake and there is a dawn in me. Moral reform is the effort to throw off sleep.

간소화하고 또 간소화하라

간소하게 간소하게 간소하게 살라! 그대가 하는 일을 두 가지나 세 가지로 줄이라. 백 가지나 천 가지가 되도록 두지 말라. 백만 대신에 다섯까지만 세고, 계산은 엄지손톱에 할 수 있도록 하라. 문명화된 삶이라고 하는 이 험난한 바다 한가운데서는 구름과 태풍, 모래바람, 그리고 천 가지하고도 한 가지 요인을 더 고려해야 한다. 그러다 보니 배가 침몰해 바다 밑에 가라앉고 목표한 항구에도 들어가지 못하는 사태가 벌어지지 않도록 하기 위해서는 추측항법으로 인생을 살아갈 수밖에 없고, 성공하기 위해서는 어쩔 수 없이 복잡한 셈법에 능해야만 하는 것이다. 간소화하고 또 간소화하라. 하루에 세 끼를 먹는 대신 꼭 먹어야 한다면 한 끼만 먹어라. 백 가지 요리를 다섯 가지로 줄이라. 그리고 다른 것들도 그런 비율로 줄이라.

Simplify, Simplify

Simplicity, simplicity, simplicity! I say, let your affairs be as two or three, and not a hundred or a thousand; instead of a million count half a dozen, and keep your accounts on your thumb-nail. In the midst of this chopping sea of civilized life, such are the clouds and storms and quicksands and thousand-and-one items to be allowed for, that a man has to live, if he would not founder and go to the bottom and not make his port at all, by dead reckoning, and he must be a great calculator indeed who succeeds. Simplify, simplify. Instead of three meals a day, if it be necessary eat but one; instead of a hundred dishes, five; and reduce other things in proportion.

왜 이리 쫓기듯 살아가는가

왜 우리는 이렇게 쫓기듯이 인생을 낭비해가며 살아야 하는가? 우리는 배가 고프기도 전에 굶어 죽을 각오를 하고 있다. 사람들은 제때의 한 바늘이 나중에 아홉 바늘의 수고를 막아준다고 하면서 내일 아홉 바늘을 덜기 위해 오늘 일천 바늘을 꿰매고 있다. '일'을 한다고 하지만 우리는 이렇다 할 중요한 일 하나 하고 있지 않다. 모두들 무도병에 걸려 머리를 가만히 놔둘 수가 없는 것이다.

Waste of Life

Why should we live with such hurry and waste of life? We are determined to be starved before we are hungry. Men say that a stitch in time saves nine, and so they take a thousand stitches today to save nine tomorrow. As for *work*, we haven't any of any consequence. We have the Saint Vitus' dance, and cannot possibly keep our heads still.

진실한 눈으로 보라

사람들은 진실이 아주 먼 곳에 있다고 생각한다. 그들은 진실이 우주 저 멀리 어느 구석에, 가장 멀리 있는 별 너머에, 아담 이전에 그리고 최후의 인간 다음에 있다고 생각한다. 물론 영원 속에는 진실하고 고귀한 무엇이 있다. 그러나 이 모든 시간과 장소와 사건들은 바로 지금 여기에 있는 것이다. 하느님도 지금 이 순간에 지고의 위치에 있으며, 그 어느 시대도 지금보다 더 거룩하지는 않은 것이다. 우리는 우리를 둘러싸고 있는 진실을 끊임없이 호흡하고 그 진실에 몸을 푹 담가봐야 비로소 그 숭고함과 고결함을 이해할 수 있다. 우주는 우리의 착상에 언제든 순순히 응답해준다. 우리가 빠르게 가든 느리게 가든 길은 늘 우리를 위해 마련돼 있다. 이제 이런 생각을 갖고 우리 삶의 나날들을 지내보자

Now and Here

Men esteem truth remote, in the outskirts of the system, behind the farthest star, before Adam and after the last man. In eternity there is indeed something true and sublime. But all these times and places and occasions are now and here. God himself culminates in the present moment, and will never be more divine in the lapse of all the ages. And we are enabled to apprehend at all what is sublime and noble only by the perpetual instilling and drenching of the reality that surrounds us. The universe constantly and obediently answers to our conceptions; whether we travel fast or slow, the track is laid for us. Let us spend our lives in conceiving then.

단호하게 하루를 보내자

단 하루라도 자연처럼 의도적으로 살아보자. 호두 껍질이나 모기 날개 따위가 선로 위에 떨어진다고 해서 그때마다 탈선하는 일이 없도록 하자. 아침에는 일찍 일어나 식사를 하든 거르든 차분하게 마음의 평온을 유지하자. 손님들이 오든 가든 종이 울리든 아이들이 울든 단호하게 하루를 지내보자. 왜 우리가 무너져 내려 물결에 떠내려가야 하는가? 정오의 얕은 모래톱에 자리잡은 점심이라는 이름의 저 무서운 격류와 소용돌이에 휘말리지 않도록 하자. 이 위험을 이겨내면 안전한 데로 들어서게 된다. 나머지는 내려가는 길이기 때문이다. 긴장을 풀지 말고 아침의 기백을 그대로 가지고 율리시스처럼 돛대에 몸을 묶은 채 외면을 하면서 그 소용돌이 옆으로 빠져나가자. 기적 소리가 울리면 목이 쉴 때까지 울도록 내버려두자. 종이 울린다고 해서 왜 우리가 달려가야만 하는가? 우리는 어떤 음악 소리가 들려오는지 귀 기울이기만 하면 된다.

As Deliberately as Nature

Let us spend one day as deliberately as Nature, and not be thrown off the track by every nutshell and mosquito's wing that falls on the rails. Let us rise early and fast, or break fast, gently and without perturbation; let company come and let company go, let the bells ring and the children cry–determined to make a day of it. Why should we knock under and go with the stream? Let us not be upset and overwhelmed in that terrible rapid and whirlpool called a dinner, situated in the meridian shallows. Weather this danger and you are safe, for the rest of the way is down hill. With unrelaxed nerves, with morning vigor, sail by it, looking another way, tied to the mast like Ulysses. If the engine whistles, let it whistle till it is hoarse for its pains. If the bell rings, why should we run? We will consider what kind of music they are like.

영원은 남는다

시간은 내가 낚시질하는 시냇물에 지나지 않는다. 나는 무심히 흘러가는 그 물을 마신다. 그러나 물을 마시면서 나는 모래 바닥을 보고 이 시냇물이 얼마나 얕은지 새삼 깨닫는다. 시간의 얕은 물은 흘러가 버리지만 영원은 남는다. 나는 더 깊은 물을 들이켜고 싶다. 별들이 조약돌처럼 깔린 하늘의 강에서 낚시를 하고 싶다. 나는 덧셈도 할 줄 모르고 알파벳의 첫 글자도 모른다. 이 세상에 태어나던 그날처럼 현명하지 못한 것을 나는 항상 아쉬워한다. 지성은 식칼과 같다. 그것은 사물의 비밀을 식별해내고 그 속으로 헤쳐 들어간다. 나는 필요 이상으로 나의 손을 바쁘게 놀리고 싶지 않다. 나의 머리가 손과 발이기 때문이다. 나는 최상의 기능이 머릿속에 모여 있음을 느낀다. 어떤 동물이 코와 앞발로 굴을 파듯 나는 내 머리가 굴을 파는 기관임을 본능적으로 느낀다. 나는 이 머리를 가지고 이 주위의 언덕들을 파볼 생각이다. 이 근처 어딘가에 노다지 광맥이 있을 것 같다. 탐지 막대와 엷게 피어 오르는 수증기를 보면 알 수 있다. 그러면 이제부터 굴을 파내려 가야겠다.

But Eternity Remains

Time is but the stream I go a-fishing in. I drink at it; but while I drink I see the sandy bottom and detect how shallow it is. Its thin current slides away, but eternity remains. I would drink deeper; fish in the sky, whose bottom is pebbly with stars. I cannot count one. I know not the first letter of the alphabet. I have always been regretting that I was not as wise as the day I was born. The intellect is a cleaver; it discerns and rifts its way into the secret of things. I do not wish to be any more busy with my hands than is necessary. My head is hands and feet. I feel all my best faculties concentrated in it. My instinct tells me that my head is an organ for burrowing, as some creatures use their snout and fore paws, and with it I would mine and burrow my way through these hills. I think that the richest vein is somewhere hereabouts; so by the divining-rod and thin rising vapors I judge; and here I will begin to mine.

진실을 다룬다면

조금만 더 어떤 의도를 갖고 자신의 진로를 선택한다면 아마도 누구나 기본적으로는 공부를 하거나 관찰을 하는 사람이 되려고 할 것이다. 왜냐하면 인간은 자신의 본성과 운명에 대해서는 너나할것없이 관심이 많기 때문이다. 우리가 우리 자신을 위해서든 후손을 위해서든 한껏 재산을 모으고 가문이나 국가를 세우고 높은 명성까지 얻는다 해도 결국 우리는 죽게 되어 있다. 그러나 진실을 다루게 되면 우리는 영원한 생명을 갖게 될 것이며 어떤 변화나 재난도 두려워하지 않을 것이다.

In Dealing with Truth

With a little more deliberation in the choice of their pursuits, all men would perhaps become essentially students and observers, for certainly their nature and destiny are interesting to all alike. In accumulating property for ourselves or our posterity, in founding a family or a state, or acquiring fame even, we are mortal; but in dealing with truth we are immortal, and need fear no change nor accident.

문화적 유산

우리가 고전이라고 부르는 문화적 유산과 이런 고전보다 더 오래되고 더 고전적이지만 우리에게는 잘 알려지지 않은 여러 민족의 경전들이 계속해서 쌓여갈 때, 또 바티칸 궁전 같은 곳들이 베다, 젠드아베스타, 성경 같은 경전들과 호메로스, 단테, 셰익스피어 같은 작가들의 문학작품들로 가득 채워질 때, 그리고 앞으로 다가올 모든 세기마다 저마다의 기념비를 이 세상의 광장에 차례차례 쌓아놓을 때 그 시대는 진실로 풍요로운 시대가 될 것이다. 우리는 이렇게 쌓아 올린 문화적 유산을 딛고 나서야 비로소 하늘에 오르기를 희망할 수 있을 것이다.

Classics

That age will be rich indeed when those relics which we call Classics, and the still older and more than classic but even less known Scriptures of the nations, shall have still further accumulated, when the Vaticans shall be filled with Vedas and Zendavestas and Bibles, with Homers and Dantes and Shakespeares, and all the centuries to come shall have successively deposited their trophies in the forum of the world. By such a pile we may hope to scale heaven at last.

강에 다리 하나를 덜 놓더라도

우리 뉴잉글랜드 지방에서도 이 세계의 이름난 현자들을 전부 초청해 우리를 가르치게 할 수 있을 것이다. 여러 마을이 십시일반으로 이들의 체재비를 공동 부담하면 되고, 그렇게 함으로써 지방의 한계를 완전히 탈피할 수 있다. 이것이 바로 우리에게 꼭 필요한 '특별한' 학교인 것이다. 귀족들이 아니라 보통 사람들이 사는 품위 있는 마을을 만들어보자. 필요하다면 강에 다리 하나를 덜 놓더라도, 그로 인해 조금 돌아서 가는 일이 있더라도, 그 비용으로 우리를 둘러싸고 있는 훨씬 더 어두운 무지의 심연 위에 구름다리 하나라도 더 놓도록 하자.

Omit One Bridge over the River

New England can hire all the wise men in the world to come and teach her, and board them round the while, and not be provincial at all. That is the *uncommon* school we want. Instead of noblemen, let us have noble villages of men. If it is necessary, omit one bridge over the river, go round a little there, and throw one arch at least over the darker gulf of ignorance which surrounds us.

그대 앞에 무엇이 있는지 보라

어떤 방법도 어떤 훈련도 항상 주의 깊게 살펴보는 자세를 대신해주지 못한다. 반드시 봐야 할 것을 늘 놓치지 않고 눈여겨보는 훈련에 비하면 아무리 잘 선택한 역사나 철학, 시에 관한 강의도, 훌륭한 교제도, 가장 모범적인 생활 방식도 그리 대단한 것은 아니다. 그대는 그저 한 명의 독자나 학생이 되겠는가, 아니면 제대로 보는 사람이 되겠는가? 그대가 지나온 운명을 읽고, 그대 앞에 무엇이 있는지 똑똑히 보라. 그리고 미래를 향해 발을 내디뎌라.

See What Is Before You

No method nor discipline can supersede the necessity of being forever on the alert. What is a course of history or philosophy, or poetry, no matter how well selected, or the best society, or the most admirable routine of life, compared with the discipline of looking always at what is to be seen? Will you be a reader, a student merely, or a seer? Read your fate, see what is before you, and walk on into futurity.

내 인생에 넓은 여백이 있기를

꽃처럼 활짝 핀 아름다운 순간을 육체적인 노동이든 정신적인 노동이든 일을 하느라 희생할 수는 없는 때가 있다. 나는 내 인생에 넓은 여백이 있기를 바란다. 여름날 아침 이제는 습관이 된 멱을 감은 다음 나는 해가 잘 드는 문간에 앉아 새벽부터 한낮까지 한없이 공상에 잠기곤 했다. 주위에는 소나무와 히코리나무, 옻나무가 무성하게 자라고 있었고, 아무도 방해하지 않는 고독과 정적이 사방에 펼쳐져 있었으며, 오직 새들만이 곁에서 노래하거나 소리 없이 집안을 넘나들었다. 그러다가 서쪽 창문으로 해가 떨어지거나 멀리 한길을 달리는 어느 여행자의 마차 소리를 듣고서야 문득 시간이 흘러간 것을 깨닫곤 했는데, 이런 계절에 나는 밤 사이의 옥수수처럼 무럭무럭 자랐다. 그 시간들은 손으로 무엇을 만드는 것보다 훨씬 소중한 것이었다. 또한 이렇게 공상에 잠겨 보낸 시간들은 내 인생에서 헛되이 사라진 시간들이 아니라 오히려 나에게 허락된 생명의 시간에 더해 넉넉하게 추가로 주어진 시간들이었다.

I Love a Broad Margin to My Life

There were times when I could not afford to sacrifice the bloom of the present moment to any work, whether of the head or hands. I love a broad margin to my life. Sometimes, in a summer morning, having taken my accustomed bath, I sat in my sunny doorway from sunrise till noon, rapt in a revery, amidst the pines and hickories and sumachs, in undisturbed solitude and stillness, while the birds sing around or flitted noiseless through the house, until by the sun falling in at my west window, or the noise of some traveler's wagon on the distant highway, I was reminded of the lapse of time. I grew in those seasons like corn in the night, and they were far better than any work of the hands would have been. They were not time subtracted from my life, but so much over and above my usual allowance.

나의 끝없는 행운에 미소 짓는다

나는 시간이 어떻게 흘러가든 개의치 않았다. 대개의 경우 하루는 마치 내가 해야 할 일을 덜어주려는 듯이 지나갔다. 아침이구나 했는데 어느새 저녁이 되었다. 그렇다고 딱히 무슨 특별한 일을 한 것도 아니었다. 새처럼 노래 부르는 대신 나는 말없이 나의 끝없는 행운에 미소 지었다. 참새가 집 앞의 히코리나무에 앉아 지저귈 때 나는 혼자서 키득거리며 웃거나 혹시라도 참새가 내 보금자리에서 나는 노랫소리를 들을까 봐 노래 부르고 싶은 충동을 억눌렀다. 나의 하루하루는 이교도 신들의 이름을 붙인 그런 요일요일이 아니었고, 또 24시간으로 쪼개져 시계가 재깍거리는 소리를 낼 때마다 안달하는 그런 하루도 아니었다.

I Silently Smiled at My Incessant Good Fortune

For the most part, I minded not how the hours went. The day advanced as if to light some work of mine; it was morning, and lo, now it is evening, and nothing memorable is accomplished. Instead of singing like the birds, I silently smiled at my incessant good fortune. As the sparrow had its trill, sitting on the hickory before my door, so had I my chuckle or suppressed warble which he might hear out of my nest. My days were not days of the week, bearing the stamp of any heathen deity, nor were they minced into hours and fretted by the ticking of a clock.

삶 그 자체가 신비로움의 연속

나의 이런 일상이 마을 사람들에게는 너무나도 게으른 것으로 보였을 것이다. 그러나 새와 꽃들이 그들의 기준으로 나를 평가했다면 나는 전혀 모자람이 없었을 것이다. 인간은 행동의 동기를 자신의 내부에서 찾아내지 않으면 안 된다. 그렇지 않은가. 자연의 하루는 매우 평온해서 인간의 게으름을 꾸짖거나 탓하지 않는다. 나의 이런 살아가는 방식은 즐거움을 사교계나 극장에서밖에 찾을 수 없는 사람들에 비해 적어도 한 가지 이점을 갖고 있었으니 나의 삶은 그 자체가 오락이었으며 끝없는 신비로움의 연속이었던 것이다. 그것은 무수한 장면으로 이어진 끝없는 한 편의 드라마였다. 우리가 늘 최근에 배운 최선의 방법으로 생계를 유지하고 생활을 조절해나간다면 우리는 한 순간도 지루해하지 않을 것이다. 당신의 천재성을 바짝 좇아가라. 그러면 그것은 반드시 시간시간마다 새로운 가능성을 보여줄 것이다.

A Drama of Many Scenes and Without an End

This was sheer idleness to my fellow-townsmen, no doubt; but if the birds and flowers had tried me by their standard, I should not have been found wanting. A man must find his occasions in himself, it is true. The natural day is very calm, and will hardly reprove his indolence. I had this advantage, at least, in my mode of life, over those who were obliged to look abroad for amusement, to society and the theatre, that my life itself was become my amusement and never ceased to be novel. It was a drama of many scenes and without an end. If we were always, indeed, getting our living, and regulating our lives according to the last and best mode we had learned, we should never be troubled with ennui. Follow your genius closely enough, and it will not fail to show you a fresh prospect every hour.

가장 감미롭고 다정한 교제

자연 속에서 살며 자신의 감각을 평온하게 유지하는 사람에게는 암담한 우울이 존재할 여지가 없다. 건강하고 순수한 사람의 귀에는 어떤 폭풍우도 바람의 신 아이올로스의 음악으로 들릴 뿐이다. 그 어떤 것도 소박하고 용기 있는 사람을 속된 슬픔으로 몰아넣지 못한다. 내가 사계절을 벗삼아 그 우정을 즐기는 동안에는 그 무엇도 내 인생을 짐스러운 것으로 만들 수 없다고 믿는다. 오늘 내 콩밭을 적시면서 한편으로 나를 집에 머물도록 하는 저 보슬비는 쓸쓸하다거나 우울한 느낌을 주는 대신 내게 오히려 좋은 일을 해주고 있다. 비 때문에 콩밭에 나가 김매기를 하지 못하지만 비는 김매기를 하는 것보다 훨씬 중요하다. 비가 오랫동안 계속 내리면 땅속의 종자들이 썩고 저지대에서는 감자 농사를 망치겠지만 고지대 초원의 풀에게는 좋을 것이며, 풀에게 좋다면 나에게도 좋을 것이다.

The Friendship of the Seasons

There can be no very black melancholy to him who lives in the midst of Nature and has his senses still. There was never yet such a storm but it was Æolian music to a healthy and innocent ear. Nothing can rightly compel a simple and brave man to a vulgar sadness. While I enjoy the friendship of the seasons I trust that nothing can make life a burden to me. The gentle rain which waters my beans and keeps me in the house today is not drear and melancholy, but good for me too. Though it prevents my hoeing them, it is of far more worth than my hoeing. If it should continue so long as to cause the seeds to rot in the ground and destroy the potatoes in the low lands, it would still be good for the grass on the uplands, and, being good for the grass, it would be good for me.

큰 일꾼

만물의 옆에는 그것의 존재를 형성하는 어떤 힘이 있다. 지금 우리 바로 옆에서는 아주 심오한 자연의 법칙들이 끊임없이 실행되고 있다. 이렇게 지금 우리 바로 옆에서 일하고 있는 일꾼은 우리가 고용한, 그래서 우리가 항상 더불어 이야기하기를 좋아하는 그런 일꾼이 아니라 다름아닌 우리 자신을 일감으로 삼아 끊임없이 일하고 있는 일꾼인 것이다

The Workman

Nearest to all things is that power which fashions their being. Next to us the grandest laws are continually being executed. Next to us is not the workman whom we have hired, with whom we love so well to talk, but the workman whose work we are.

고독이라는 벗

나는 가능하면 많은 시간을 혼자 지내는 것이 심신에 좋다고 생각한다. 아무리 좋은 사람들이라도 같이 있다 보면 곧 싫증이 나고 주의가 산만해진다. 나는 혼자 있는 것을 좋아한다. 나는 아직까지 고독만큼 친해지기 쉬운 벗을 만나보지 못했다. 우리는 대개 방안에 홀로 있을 때보다 밖에 나가 사람들 사이를 돌아다닐 때 더 외롭다. 사색하는 사람이나 일하는 사람은 어디에 있든 항상 혼자다. 고독은 한 사람과 그의 동료들 사이에 놓인 거리로 잴 수 있는 것이 아니다. 하버드 대학의 북적대는 교실에서도 정말로 공부하는 데 열심인 학생은 사막의 수도승만큼이나 홀로인 것이다.

The Companion so Companionable as Solitude

I find it wholesome to be alone the greater part of the time. To be in company, even with the best, is soon wearisome and dissipating. I love to be alone. I never found the companion that was so companionable as solitude. We are for the most part more lonely when we go abroad among men than when we stay in our chambers. A man thinking or working is always alone, let him be where he will. Solitude is not measured by the miles of space that intervene between a man and his fellows. The really diligent student in one of the crowded hives of Cambridge College is as solitary as a dervish in the desert.

월든 호수가 외롭지 않듯

내 집에는 무척이나 많은 친구들이 있다. 특히 아무도 찾아오지 않는 아침에는 더욱 그렇다. 무슨 말인지 쉽게 이해할 있도록 몇 가지 비유를 들어보겠다. 마치 웃는 것처럼 큰 소리로 울어대는 호수의 되강오리가 외롭지 않듯, 그리고 저 월든 호수가 외롭지 않듯 나도 외롭지 않다. 저 고독한 호수가 대체 어떤 벗들을 가지고 있단 말인가? 더구나 저 호수는 하늘빛의 물속에 푸른 악마들이 아닌 푸른 천사들을 가지고 있다. 태양은 혼자다. 안개가 자욱한 날에는 태양이 두 개처럼 보이기도 하지만 하나는 가짜다. 하느님 역시 홀로 존재한다. 그러나 악마는 결코 혼자 있는 법이 없다. 그는 많은 패거리들과 어울려 군대를 이루고 있다. 초원에 피어있는 한 송이 우단현삼이나 민들레꽃이 외롭지 않듯, 콩잎과 괭이밥이 외롭지 않듯, 등에와 뒤영벌이 외롭지 않듯 나도 외롭지 않다. 밀브룩이나 지붕 위의 풍향계, 북극성과 남풍, 4월의 봄비와 1월의 해동, 그리고 새로 지은 집에 맨 처음 자리 잡은 거미가 외롭지 않듯 나도 외롭지 않다.

I Am No More Lonely

I have a great deal of company in my house; especially in the morning, when nobody calls. Let me suggest a few comparisons, that some one may convey an idea of my situation. I am no more lonely than the loon in the pond that laughs so loud, or than Walden Pond itself. What company has that lonely lake, I pray? And yet it has not the blue devils, but the blue angels in it, in the azure tint of its waters. The sun is alone, except in thick weather, when there sometimes appear to be two, but one is a mock sun. God is alone–but the devil, he is far from being alone; he sees a great deal of company; he is legion. I am no more lonely than a single mullein or dandelion in a pasture, or a bean leaf, or sorrel, or a horse-fly, or a bumblebee. I am no more lonely than the Mill Brook, or a weathercock, or the north star, or the south wind, or an April shower, or a January thaw, or the first spider in a new house.

고독이라는 거대한 바다

나는 숲 속에 사는 동안 내 생애의 그 어떤 시기보다 많은 방문객들을 맞았다. 그러니까 방문객이 어느 정도 있었다는 말이다. 숲 속에 있는 동안 나는 어느 곳에서보다 유리한 환경 아래서 사람들을 만났다. 그러나 사소한 일로 나를 찾아오는 사람은 훨씬 적어졌다. 그런 점에서 나를 찾아온 방문객은 내 집이 마을에서 떨어져 있다는 이유만으로 추려졌던 셈이다. 나는 고독이라는 거대한 바다 한가운데로 물러나 있었고, 사교라는 여러 강물이 이 바다로 흘러 들어왔는데, 내가 꼭 필요로 했던 것을 감안할 때 대부분의 경우 가장 훌륭한 침전물만 내 주위에 쌓였다. 더구나 멀리 바다 저편에서는 아직 탐사되거나 개척되지 않은 대륙들이 존재한다는 증거들이 내게로 떠내려왔다.

The Great Ocean of Solitude

I had more visitors while I lived in the woods than at any other period in my life; I mean that I had some. I met several there under more favorable circumstances than I could anywhere else. But fewer came to see me on trivial business. In this respect, my company was winnowed by my mere distance from town. I had withdrawn so far within the great ocean of solitude, into which the rivers of society empty, that for the most part, so far as my needs were concerned, only the finest sediment was deposited around me. Beside, there were wafted to me evidences of unexplored and uncultivated continents on the other side.

더 이상 젊지 않은 젊은이들

돈을 버느라 시간을 다 뺏겨 여유가 없는 사람들, 신에 관해서라면 자기들이 독점권을 가진 양 말하며 다른 어떤 견해도 용납하지 못하는 목사들, 의사와 변호사들, 그리고 내가 없는 사이에 나의 찬장과 침대를 들여다보는 무례한 주부들, 안정된 전문직의 닦여진 가도를 걷는 것이 가장 안전하다고 결론을 내린 더 이상 젊지 않은 젊은이들, 이 모든 사람들이 한결같이 하는 이야기는 현재 나의 위치에서는 큰일을 할 수 없다는 것이었다. 아! 바로 거기에 문제가 있었다. 나이와 성별을 망라한 이들 늙고 병들고 겁 많은 사람들은 질병과 불의의 사고와 죽음에 대해서만 주로 생각하는 것이다. 그들이 보기에 인생은 위험으로 가득한 것이다. 그러나 위험에 대해 생각하지 않으면 무슨 위험이 있겠는가? 그리고 신중한 사람이라면 어디를 가더라도 위급한 순간 의사인 B씨가 바로 달려올 수 있는 안전 지대를 벗어나서는 안 된다는 것이다. 그들에게 마을이란 문자 그대로 커뮤니티, 그러니까 공동 방어를 위한 동맹이다. 그들은 약 상자 없이는 산딸기도 따러 갈 수 없는 위인들이다. 내 말의 요지는 사람은 살아 있는 한 늘 죽음의 위험이 뒤따른다는 것이다. 물론 그 사람이 처음부터 산송장과 비슷하면 비슷할수록 죽음의 위험은 적어지겠지만 말이다. 아무튼 앉아있는 사람이나 달리는 사람이나 위험하기는 마찬가지인 것이다.

Young Men Who Had Ceased to Be Young

Restless committed men, whose time was an taken up in getting a living or keeping it; ministers who spoke of God as if they enjoyed a monopoly of the subject, who could not bear all kinds of opinions; doctors, lawyers, uneasy housekeepers who pried into my cupboard and bed when I was out–how came Mrs.–to know that my sheets were not as clean as hers?–young men who had ceased to be young, and had concluded that it was safest to follow the beaten track of the professions–all these generally said that it was not possible to do so much good in my position. Ay! there was the rub. The old and infirm and the timid, of whatever age or sex, thought most of sickness, and sudden accident and death; to them life seemed full of danger–what danger is there if you don't think of any?–and they thought that a prudent man would carefully select the safest position, where Dr. B. might be on hand at a moment's warning. To them the village was literally a *com-munity*, a league for mutual defence, and you would suppose that they would not go a-huckleberrying without a medicine chest. The amount of it is, if a man is alive, there is always *danger* that he may die, though the danger must be allowed to be less in proportion as he is dead-and-alive to begin with. A man sits as many risks as he runs.

정직한 순례자들

나는 닭을 키우지 않았으므로 솔개를 두려워하지 않았다. 그러나 사람을 귀찮게 하는 인간 솔개들은 두려워했다. 내게는 그런 사람들보다는 훨씬 유쾌한 방문객들이 있었다. 딸기를 따러 오는 어린아이들, 일요일 아침이면 깨끗한 셔츠를 입고 산책하는 철도원들, 낚시꾼과 사냥꾼, 시인과 철학자들, 이들은 한마디로 마을을 뒤에 버려두고 자유를 찾아 숲 속으로 온 정말로 정직한 순례자들이었다. 나는 이들을 반갑게 맞아들였다. "환영합니다, 영국인들! 환영합니다, 영국인들!" 왜냐하면 나는 이미 이런 방문객들과 통하는 게 있었기 때문이다.

Cheering Visitors

I did not fear the hen-harriers, for I kept no chickens; but I feared the men-harriers rather. I had more cheering visitors than the last. Children come a-berrying, railroad men taking a Sunday morning walk in clean shirts, fishermen and hunters, poets and philosophers; in short, all honest pilgrims, who came out to the woods for freedom's sake, and really left the village behind, I was ready to greet with, "Welcome, Englishmen! welcome, Englishmen!" for I had had communication with that race.

땅이 제공하는 여흥

호미가 돌에 부딪치면서 내는 쨍 하는 소리는 아름다운 선율이 되어 숲과 하늘에 울려 퍼졌고, 순간순간 무한한 수확을 거둬들이는 나의 노동에 음악이 되어주었다. 내가 김매기를 하고 있는 곳은 이미 콩밭이 아니었고, 콩밭에서 김을 매고 있는 사람은 이미 내가 아니었다. 그 순간 나는 오라토리오를 구경하러 도시로 나간 사람들을 떠올리며 말할 수 없는 자부심과 함께 연민의 감정마저 느꼈던 것이다.

An Accompaniment to My Labor

When my hoe tinkled against the stones, that music ech-
oed to the woods and the sky, and was an accompaniment
to my labor which yielded an instant and immeasurable
crop. It was no longer beans that I hoed, nor I that hoed
beans; and I remembered with as much pity as pride, if I
remembered at all, my acquaintances who had gone to the
city to attend the oratorios.

덕의 씨앗을 심어보자

나는 혼자서 이렇게 다짐한 적이 있다. 내년 여름에는 콩과 옥수수를 이처럼 열심히 심지 말고, 아직 잃어버리지 않은 씨앗이 남아있다면 성실, 진실, 소박, 믿음, 순수 같은 것들의 씨앗을 심어보자고 말이다. 그리하여 밭을 경작하는 데는 땀을 좀 적게 흘리고 거름을 조금만 주더라도 이들 미덕의 씨앗들이 내 땅에서 자라나 내게 힘을 불어넣어줄 수 있는지 지켜보자고 생각했던 것이다. 왜냐하면 이 땅은 그런 씨앗들을 키우지 못할 만큼 메마르지는 않았을 테니까. 그런데! 나는 다시 혼자서 이렇게 말해야 했다. 이제 다음 해 여름이 지나갔고, 그 다음 여름과 또 그 다음 여름마저 지나갔다. 그리고 내가 독자 여러분에게 고백하지 않을 수 없는 것은 내가 심은 씨앗들이, 내가 저 아름다운 미덕의 씨앗이라고 믿었던 것들이 벌레가 먹었는지 아니면 생명력을 잃었는지 전혀 싹을 틔우지 못했다는 것이다.

The Seeds of Virtues

I said to myself, I will not plant beans and corn with so much industry another summer, but such seeds, if the seed is not lost, as sincerity, truth, simplicity, faith, innocence, and the like, and see if they will not grow in this soil, even with less toil and manurance, and sustain me, for surely it has not been exhausted for these crops. Alas! I said this to myself; but now another summer is gone, and another, and another, and I am obliged to say to you, Reader, that the seeds which I planted, if indeed they *were* the seeds of those virtues, were wormeaten or had lost their vitality, and so did not come up.

참된 가치와 우정의 낟알

왜 우리 뉴잉글랜드 사람들은 새로운 모험을 시도하지 않는가? 어째서 곡식이나 감자, 건초, 그리고 과수원에만 신경을 쓰고 다른 과실들은 가꾸지 않는가? 왜 우리는 내년에 파종할 종자 콩에는 그처럼 많은 관심을 쏟으면서도 다음 세대의 새로운 인간에 대해서는 무관심한가? 우리가 만약 어떤 사람을 만났을 때 내가 말한 여러 가지 미덕들이, 그러니까 우리가 다른 어떤 생산물보다 더 귀중하다고 여기지만 실제로는 그저 바람에 날리는 씨앗처럼 공중을 떠돌고 있는 미덕들이 그 사람 안에서 자라고 있는 것을 본다면 우리는 정말로 힘을 얻고 기뻐할 것이다. 가령 우리가 길을 가다가 진실이나 정의 같은 미묘하면서도 말로 표현할 수 없는 미덕을, 비록 그것이 극히 적거나 새로운 변종이라 할지라도 마주쳤다고 하자. 그러면 해외에 나가 있는 우리 대사들은 이런 미덕의 씨앗을 본국에 보내라는 지시를 받아야 하며, 의회에서는 그 씨앗이 전국에 널리 퍼질 수 있도록 지원해야 할 것이다. 우리는 성실을 가장한 채 격식만 차려서는 안 된다. 참된 가치와 우정이라는 낟알만 있다면 우리는 비열하게 남을 속이고 욕하고 쫓아내지 않을 것이다.

The Kernel of Worth and Friendliness

But why should not the New Englander try new adventures, and not lay so much stress on his grain, his potato and grass crop, and his orchards–raise other crops than these? Why concern ourselves so much about our beans for seed, and not be concerned at all about a new generation of men? We should really be fed and cheered if when we met a man we were sure to see that some of the qualities which I have named, which we all prize more than those other productions, but which are for the most part broadcast and floating in the air, had taken root and grown in him. Here comes such a subtile and ineffable quality, for instance, as truth or justice, though the slightest amount or new variety of it, along the road. Our ambassadors should be instructed to send home such seeds as these, and Congress help to distribute them over all the land. We should never stand upon ceremony with sincerity. We should never cheat and insult and banish one another by our meanness, if there were present the kernel of worth and friendliness.

제일 중요한 경작자

태양은 인간의 경작지뿐만 아니라 대초원과 삼림지대도 차별 없이 똑같이 내려다보고 있다는 사실을 우리는 잊곤 한다. 대지 위의 그 모든 것들이 태양 빛을 똑같이 반사하고 흡수한다. 인간의 경작지는 태양이 매일 지나다니는 길에 내려다보는 멋진 풍경의 작은 조각일 뿐이다. 태양의 눈에 비친 이 지구는 어디나 비슷하게 잘 가꾸어진 하나의 정원 같은 것이다. 우리는 태양의 빛과 열이 주는 혜택만큼 이에 상응하는 믿음과 아량을 보여줘야 한다. 내가 이 종자 콩들을 소중히 가꿔 가을에 수확한다 한들 그것이 뭐 대단한 일이겠는가? 내가 그토록 오래 보살펴온 이 넓은 콩밭은 나를 제일 중요한 경작자로 보는 게 아니라 오히려 나를 제쳐놓고 밭에다 물을 주고 밭을 푸르게 만드는, 보다 관대한 자연의 어떤 힘을 따르는 것이다.

The Principal Cultivator

We are wont to forget that the sun looks on our cultivated fields and on the prairies and forests without distinction. They all reflect and absorb his rays alike, and the former make but a small part of the glorious picture which he beholds in his daily course. In his view the earth is all equally cultivated like a garden. Therefore we should receive the benefit of his light and heat with a corresponding trust and magnanimity. What though I value the seed of these beans, and harvest that in the fall of the year? This broad field which I have looked at so long looks not to me as the principal cultivator, but away from me to influences more genial to it, which water and make it green.

진정한 농부는

이 콩의 결실을 내가 다 수확하는 것은 아니다. 일부는 우드 척의 몫이지 아니겠는가? 밀의 이삭이 농부의 유일한 희망이 되어서는 안 된다.(이삭을 뜻하는 라틴어 spica는 '희망'을 의미하는 spe에서 speca를 거쳐 파생된 것이다.) 또 밀대 속의 낟알만이 그것이 생산하는 전부는 아닐 것이다.(라틴어 granum은 '열매를 맺다'를 뜻하는 gerendo에서 파생된 것이다.) 이렇게 생각하면 우리의 농사가 실패하는 일이 있겠는가? 잡초가 무성해 새들의 주식인 잡초들의 씨앗이 넘쳐난다면 나 역시 기뻐해야 하지 않겠는가? 농사가 잘 돼 농부의 곡식창고를 가득 채울 수 있는지는 그리 중요한 일이 아니다. 다람쥐가 올해 밤이 많이 열릴 것인지를 걱정하지 않듯 진정한 농부는 걱정에서 벗어나 자기 밭의 생산물에 대한 독점권을 포기하고, 자신의 맨 처음 과실뿐만 아니라 마지막 열매도 제물로 바치겠다는 자세로 하루하루의 일을 마무리해야 할 것이다.

The True Husbandman

These beans have results which are not harvested by me. Do they not grow for woodchucks partly? The ear of wheat (in Latin *spica*, obsoletely *speca*, from *spe*, hope) should not be the only hope of the husbandman; its kernel or grain (*granum* from *gerendo*, bearing) is not all that it bears. How, then, can our harvest fail? Shall I not rejoice also at the abundance of the weeds whose seeds are the granary of the birds? It matters little comparatively whether the fields fill the farmer's barns. The true husbandman will cease from anxiety, as the squirrels manifest no concern whether the woods will bear chestnuts this year or not, and finish his labor with every day, relinquishing all claim to the produce of his fields, and sacrificing in his mind not only his first but his last fruits also.

과일의 참 맛

과일은 그것을 사먹는 사람이나 시장에 내다 팔려고 재배하는 사람에게는 그 참다운 맛을 보여주지 않는다. 과일의 진정한 맛을 보는 방법은 한 가지뿐인데, 이 방법을 택하는 사람은 거의 없다. 허클베리의 참 맛을 알고 싶다면 소 모는 소년이나 들꿩에게 물어보라. 허클베리를 손수 따보지 않은 사람이 허클베리의 맛을 안다고 생각하는 것은 흔히 범하는 착각이다.

The Flavor of Huckleberries

The fruits do not yield their true flavor to the purchaser of them, nor to him who raises them for the market. There is but one way to obtain it, yet few take that way. If you would know the flavor of huckleberries, ask the cowboy or the partridge. It is a vulgar error to suppose that you have tasted huckleberries who never plucked them.

대지의 눈

호수는 어떤 풍경에서든 가장 아름답고 감정이 풍부한 형상이다. 호수는 대지의 눈이다. 그 눈을 들여다보면 사람은 자기 본성의 깊이를 헤아리게 된다. 호숫가를 따라 자라는 나무들은 눈의 가장자리에 난 가냘픈 속눈썹이며, 그 주위의 우거진 언덕과 벼랑들은 눈 위에 그려진 눈썹이다.

Earth's Eye

A lake is the landscape's most beautiful and expressive feature. It is earth's eye; looking into which the beholder measures the depth of his own nature. The fluviatile trees next the shore are the slender eyelashes which fringe it, and the wooded hills and cliffs around are its overhanging brows.

맑은 가을날 호수를 바라보면

따스한 햇살이 너무나도 고맙게 느껴지는 어느 맑은 가을날 언덕 높은 곳에 있는 나무 그루터기에 걸터앉아 호수를 바라본다. 그렇게 물 위에 비친 하늘과 나무들의 그림자 때문에 잘 보이지 않는 수면 위에 끊임없이 그려지는 동그라미 모양의 파문을 관찰하면 마음이 한결 차분해진다. 이 넓은 수면에는 동요도 없고, 혹 있더라도 금세 잠잠해지며 가라앉는다. 마치 물 항아리를 흔들어대면 잠시 출렁거리다가 물이 가장자리에 닿으면서 다시 잠잠해지는 것처럼 말이다.

Overlooking the Pond

It is a soothing employment, on one of those fine days in the fall when all the warmth of the sun is fully appreciated, to sit on a stump on such a height as this, overlooking the pond, and study the dimpling circles which are incessantly inscribed on its otherwise invisible surface amid the reflected skies and trees. Over this great expanse there is no disturbance but it is thus at once gently smoothed away and assuaged, as, when a vase of water is jarred, the trembling circles seek the shore and all is smooth again.

호숫가에 비친 내 마음의 눈

여름날 아침 호수 한가운데로 보트를 저어가서는 길게 누워 공상에 잠기면 배는 산들바람이 부는 대로 떠가고, 그렇게 몇 시간이고 지나서야 문득 배가 기슭에 닿는 바람에 몽상에서 깨어나곤 했다. 나는 그제서야 고개를 들어 운명의 여신이 나를 어떤 물가로 밀어 보냈는지 살펴보았다. 지금보다 젊었던 그 시절은 이렇게 게으름을 부리는 것이 시간을 가장 매력적으로 또 생산적으로 보내던 때였다. 하루 중 가장 소중한 시간들을 그런 식으로 보내기 위해 나는 숱한 아침 시간에 호수로 몰래 빠져 나왔다. 그 시절에 나는 정말 부자였다. 금전상으로가 아니라 햇빛 찬란한 시간과 여름날들을 풍부하게 가졌다는 의미에서 그랬다. 나는 이 시간들을 아낌없이 썼다. 이 시간들을 공장이나 학교 교단에서 더 많이 보내지 않은 것을 나는 전혀 후회하지 않는다.

I Was Rich in Sunny Hours and Summer Days

I have spent many an hour, when I was younger, floating over its surface as the zephyr willed, having paddled my boat to the middle, and lying on my back across the seats, in a summer forenoon, dreaming awake, until I was aroused by the boat touching the sand, and I arose to see what shore my fates had impelled me to; days when idleness was the most attractive and productive industry. Many a forenoon have I stolen away, preferring to spend thus the most valued part of the day; for I was rich, if not in money, in sunny hours and summer days, and spent them lavishly; nor do I regret that I did not waste more of them in the workshop or the teacher's desk.

신의 물방울

달리는 기차는 호수를 보기 위해 일부러 멈추지 않는다. 하지만 기관사와 화부와 제동수, 그리고 정기승차권을 갖고 다니는 승객들은 월든 호수를 자주 본 덕분에 조금이라도 더 나은 사람이 되지 않았을까 하고 나는 생각해본다. 이 평온하고 순수한 월든 호수를 낮에 최소한 한 번은 보았다는 사실을 그 기관사는, 적어도 그의 본성은 밤에도 잊지 않을 것이다. 단 한 번만 바라보더라도 월든 호수의 모습은 혼잡한 보스턴의 대로와 기관차의 검댕을 씻어내는 데 도움을 준다. 그래서 월든 호수를 "신의 물방울"로 부르자고 제안한 사람도 있다.

God's Drop

The cars never pause to look at it; yet I fancy that the engineers and firemen and brakemen, and those passengers who have a season ticket and see it often, are better men for the sight. The engineer does not forget at night, or his nature does not, that he has beheld this vision of serenity and purity once at least during the day. Though seen but once, it helps to wash out State Street and the engine's soot. One proposes that it be called "God's Drop."

계산 없이 살기 때문에

나는 나름대로의 경험을 토대로 그를 돕고자 했다. 나는 그에게 내가 아주 가까이 사는 이웃이며, 이렇게 낚시나 다니며 빈둥거리는 것으로 보이겠지만 실은 나도 그와 마찬가지로 일을 해서 먹고 산다고 이야기했다. 그리고 내가 아담하면서도 밝고 깨끗한 집에 살고 있으며, 그의 집처럼 낡은 집의 1년치 임대료만을 갖고 내 집을 지었으며, 그도 원하기만 하면 한두 달 안에 궁전 같은 집을 지을 수 있을 것이라고 말했다. 또 나는 차나 커피, 버터나 우유, 육류를 먹지 않기 때문에 그런 것들을 얻기 위한 힘든 노동을 할 필요가 없으며, 중노동을 하지 않으니 많이 먹을 필요가 없고, 먹는 데 들어가는 돈도 아주 적다고 이야기했다. 하지만 그는 기본적으로 차와 커피, 버터와 밀크, 소고기를 먹어야 하므로 그것들을 얻기 위해 힘들게 일해야 하며, 중노동을 하니 육체적으로 소모된 부분을 보충하기 위해 다시 많이 먹어야 한다는 점을 얘기했다. 그러니 결국은 그게 그것인 것 같지만 그가 만족하지 못하고 있는 데다 인생을 허비하고 있으니 실제로는 상당한 손해라고 말해주었다.

Living without Arithmetic

I tried to help him with my experience, telling him that he was one of my nearest neighbors, and that I too, who came a-fishing here, and looked like a loafer, was getting my living like himself; that I lived in a tight, light, and clean house, which hardly cost more than the annual rent of such a ruin as his commonly amounts to; and how, if he chose, he might in a month or two build himself a palace of his own; that I did not use tea, nor coffee, nor butter, nor milk, nor fresh meat, and so did not have to work to get them; again, as I did not work hard, I did not have to eat hard, and it cost me but a trifle for my food; but as he began with tea, and coffee, and butter, and milk, and beef, he had to work hard to pay for them, and when he had worked hard he had to eat hard again to repair the waste of his system–and so it was as broad as it was long, indeed it was broader than it was long, for he was discontented and wasted his life into the bargain.

즐기되 소유하려 들지 말라

낚시와 사냥을 가라. 날마다 멀리, 더 멀리, 어디로든. 그리고 시냇가가 됐든 난롯가가 됐든 앞날을 걱정하지 말고 쉬어라. 그대 젊은 날에 창조자를 기억하라. 새벽이 오기 전에 근심을 떨쳐버리고 모험을 찾아 떠나라. 낮이면 다른 호수를 찾아 떠나고 밤이면 뭇 장소를 그대 집으로 삼으라. 이곳보다 너른 들판은 없으며, 여기서 하는 놀이보다 더 가치 있는 것은 없다. 그대 본성에 따라 야성적으로 성장하라. 여기 있는 골풀이나 고사리처럼 말이다. 그것들은 결코 영국 건초처럼 길들여지지 않을 것이다. 천둥이 울리면 울리도록 내버려두라. 그것이 농부의 수확을 망친다 한들 어쩌겠는가? 그것은 그대가 상관할 일이 아니다. 농부들이 수레와 헛간으로 피할 때 그대는 구름 아래로 피하라. 밥벌이를 지겨운 직업으로 삼지 말고 즐거운 도락으로 삼으라. 대지를 즐기되 소유하려 들지 말라. 진취성과 신념이 없어 사람들은 지금 있는 곳을 벗어나지 못한 채 사고 팔고 농노처럼 인생을 헛되이 보내는 것이다.

Enjoy the Land, but Own It not

Go fish and hunt far and wide day by day–farther and wider–and rest thee by many brooks and hearth-sides without misgiving. Remember thy Creator in the days of thy youth. Rise free from care before the dawn, and seek adventures. Let the noon find thee by other lakes, and the night overtake thee everywhere at home. There are no larger fields than these, no worthier games than may here be played. Grow wild according to thy nature, like these sedges and brakes, which will never become English bay. Let the thunder rumble; what if it threaten ruin to farmers' crops? That is not its errand to thee. Take shelter under the cloud, while they flee to carts and sheds. Let not to get a living be thy trade, but thy sport. Enjoy the land, but own it not. Through want of enterprise and faith men are where they are, buying and selling, and spending their lives like serfs.

아주 먼 곳으로 나가보자

밤이 되면 사람들은 길들여진 듯 집으로 향한다. 기껏해야 집에서 나는 소리가 다 들릴 정도로 가까운 근처 밭이나 길거리에서 돌아오는 것인데, 이들의 인생은 이처럼 그날이 그날처럼 단조롭게 이어지는 가운데 점점 시들어간다. 아침저녁으로 따라다니는 그림자가 오히려 이들이 날마다 걸어 다니는 곳보다 훨씬 더 먼 곳까지 닿을 정도다. 우리는 매일같이 아주 멀리 나갔다가 집으로 돌아와야 한다. 먼 곳에서 모험도 하고 위험도 겪고 발견도 한 끝에 새로운 경험과 인격을 얻어 갖고 말이다.

We Should Come Home from Far

Men come tamely home at night only from the next field or street, where their household echoes haunt, and their life pines because it breathes its own breath over again; their shadows, morning and evening, reach farther than their daily steps. We should come home from far, from adventures, and perils, and discoveries every day, with new experience and character.

참다운 수확

그대의 낮과 밤이 기쁨으로 맞이할 수 있는 그런 것이라면, 그대의 인생이 꽃처럼 방향초처럼 향기가 나고 좀더 탄력적이고 좀더 별처럼 빛나고 좀더 영원에 가까운 것이 된다면 그대는 성공한 것이다. 그때 자연 전체가 그대를 축하할 것이고, 그대는 순간순간마다 스스로를 축복할 이유를 갖게 될 것이다. 정말로 소중한 결실과 그것의 가치는 제대로 평가되는 일이 드물다. 우리는 그런 것들이 실제로 존재하는지 자주 의심한다. 우리는 그것들을 금세 잊어버린다. 그것들이야말로 제일 높은 곳에 있는데도 말이다. 아주 놀라우면서도 진실한 사실은 사람으로부터 사람에게는 결코 전달되지 않는 것 같다. 내가 매일매일의 삶에서 거두어들이는 참다운 수확은 아침이나 저녁의 빛깔처럼 만질 수도, 표현할 수도 없다. 그것은 내 손에 잡힌 작은 별 가루며 무지개의 한 조각이다.

The True Harvest of My Daily Life

If the day and the night are such that you greet them with joy, and life emits a fragrance like flowers and sweet-scented herbs, is more elastic, more starry, more immortal-that is your success. All nature is your congratulation, and you have cause momentarily to bless yourself. The greatest gains and values are farthest from being appreciated. We easily come to doubt if they exist. We soon forget them. They are the highest reality. Perhaps the facts most astounding and most real are never communicated by man to man. The true harvest of my daily life is somewhat as intangible and indescribable as the tints of morning or evening. It is a little star-dust caught, a segment of the rainbow which I have clutched.

식욕

입으로 들어가는 음식이 사람을 천하게 하는 것이 아니라 음식을 먹을 때의 탐욕스러운 식욕이 사람을 천하게 만든다. 음식의 양이나 질이 문제가 아니라 감각적인 풍미에 탐닉하는 것이 문제인 것이다. 먹는 음식이 우리의 동물적인 생명을 유지하는 양식이 되지 못하고, 또 우리의 정신적인 삶을 고무하는 양식이 되지 못하고, 단지 우리를 사로잡고 있는 벌레들의 양식이 될 때 문제가 되는 것이다.

The Appetite

Not that food which entereth into the mouth defileth a man, but the appetite with which it is eaten. It is neither the quality nor the quantity, but the devotion to sensual savors; when that which is eaten is not a viand to sustain our animal, or inspire our spiritual life, but food for the worms that possess us.

정결은 인간의 꽃이다

생식력은 우리가 해이해 있을 때는 우리를 방탕케 하고 불순하게 만들지만, 우리가 절제할 때는 활력을 주고 영감을 준다. 정결은 인간의 꽃이다. 우리가 천재적이라거나 영웅적이라고 혹은 성스럽다고 말하는 것들은 정결의 꽃이 맺은 여러 가지 열매에 지나지 않는다. 순결의 물길이 트일 때 인간은 곧바로 신에게로 연결된다. 순결은 우리에게 힘을 불어넣어주지만 부정(不淨)은 우리를 낙담케 한다.

Chastity Is the Flowering of Man

The generative energy, which, when we are loose, dissipates and makes us unclean, when we are continent invigorates and inspires us. Chastity is the flowering of man; and what are called Genius, Heroism, Holiness, and the like, are but various fruits which succeed it. Man flows at once to God when the channel of purity is open. By turns our purity inspires and our impurity casts us down.

내면의 고결함이

우리 모두는 육체라고 부르는 신전의 건축가다. 각자가 자신의 고유한 개성에 따라 짓는 이 신전은 자신이 숭배하는 신에게 바쳐진다. 자신의 육체 대신 대리석을 다듬을 수는 없다. 우리는 또한 누구나 조각가인 동시에 화가며, 우리 자신의 피와 살과 뼈를 작품의 재료로 쓴다. 인간 내면의 고결함은 곧바로 그의 외모를 정결하게 만들기 시작하고, 비열함이나 관능은 그를 짐승처럼 추하게 만들어 버린다.

Any Nobleness Refine a Man's Features

Every man is the builder of a temple, called his body, to the god he worships, after a style purely his own, nor can he get off by hammering marble instead. We are all sculptors and painters, and our material is our own flesh and blood and bones. Any nobleness begins at once to refine a man's features, any meanness or sensuality to imbrute them.

숲 속에 그저 앉아 있다 보면

누구라도 숲 속의 어떤 아늑한 곳에 자리를 잡고 그저 한참
동안 앉아 있다 보면 숲에 사는 온갖 동물들이 차례로 찾아
와서 자신들의 모습을 보여준다.

Sit Still Long Enough in the Woods

You only need sit still long enough in some attractive spot in the woods that all its inhabitants may exhibit themselves to you by turns.

그 빛깔에는 얼마나 많은 이야기가

호수 건너편의 돌기처럼 뛰어나온 곳에는 사시나무 세 그루의 하얀 밑동이 여러 갈래로 뻗어나가 있는데, 그 바로 밑 물가에 서있는 두세 그루의 작은 단풍나무는 9월의 첫날부터 벌써 주홍빛으로 물들기 시작한다. 아아, 그 빛깔은 얼마나 많은 이야기를 하고 있는가! 그로부터 한 주일 한 주일 지날 때마다 단풍나무들은 저마다의 특색을 드러내 보이며 거울 같은 호수에 비친 자기 모습에 저도 모르게 감동하는 것 같다. 매일 아침 이 화랑의 관리인은 벽에 걸린 낡은 그림을 떼어버리고 더욱 눈부시고 조화로운 빛깔의 새로운 그림을 내거는 것이다.

Many a Tale Their Color Told

Already, by the first of September, I had seen two or three small maples turned scarlet across the pond, beneath where the white stems of three aspens diverged, at the point of a promontory, next the water. Ah, many a tale their color told! And gradually from week to week the character of each tree came out, and it admired itself reflected in the smooth mirror of the lake. Each morning the manager of this gallery substituted some new picture, distinguished by more brilliant or harmonious coloring, for the old upon the walls.

땔감

사람은 누구나 자신의 장작더미를 일종의 애정을 가지고 바라본다. 나는 장작더미를 창문 앞에 쌓아두는 것을 좋아하는데, 장작더미가 높으면 높을수록 나무를 할 때의 즐거운 시간들이 더 잘 떠올랐다. 나에게는 주인 없는 헌 도끼 한 자루가 있었다. 나는 겨울날이면 양지바른 곳에 나가 콩밭에서 캐낸 그루터기를 그 도끼로 쪼개면서 시간을 보냈다. 밭에서 처음 쟁기질 할 때 소를 몰던 사람이 미리 알려준 대로 이 그루터기들은 나를 두 번 따뜻하게 해주었다. 한 번은 내가 그것들을 쪼개느라 도끼질 할 때였고, 또 한 번은 그것을 땔감으로 불을 지폈을 때였다. 그런 점에서 보자면 나무 그루터기만큼 많은 열을 제공하는 땔감은 없는 것 같다.

Wood-pile

Every man looks at his wood-pile with a kind of affection. I love to have mine before my window, and the more chips the better to remind me of my pleasing work. I had an old axe which nobody claimed, with which by spells in winter days, on the sunny side of the house, I played about the stumps which I had got out of my bean-field. As my driver prophesied when I was plowing, they warmed me twice– once while I was splitting them, and again when they were on the fire, so that no fuel could give out more heat.

라일락

문도 없어지고 문지방과 문 위의 상인방도 없어지고 또 한 세대가 지난 후에도 라일락은 활기차게 자라나 봄마다 향기로운 꽃을 피우는데, 생각에 잠긴 나그네는 무심히 그 꽃을 꺾는다. 언젠가 그 집 아이들이 집 앞 빈터에 손수 심어 가꾸었을 라일락이 이제는 외진 풀밭에 덩그러니 남은 벽 옆에 서서 무성하게 뻗어가는 새로운 숲에게 자리를 내주고 있다. 그 나무는 이 집안에서 마지막으로 남은 생존자인 것이다. 꺼멓게 햇빛에 탄 그 집 아이들은 자기들이 집 앞 그늘진 곳에 심고서는 매일같이 물을 주었던, 눈이 둘밖에 안 달렸던 어린 라일락 가지가 강인하게 뿌리를 뻗어서는 자신들과 그늘을 제공한 집과 그 옆의 화단과 과수원보다 더 오래 살아남으리라고는 생각지도 못했을 것이다. 그 아이들은 또 자신들이 성장해 죽은 뒤 반세기가 지난 어느 날 그 나무가 첫번째 봄처럼 아름다운 꽃을 피우고 달콤한 향기를 풍기며 어떤 외로운 방랑자에게 그들의 이야기를 어렴풋이 들려주리라는 것 역시 결코 알지 못했을 것이다. 나는 부드러우면서도 단아하고 화사한 라일락 꽃 빛깔에서 눈을 떼지 못한다.

Lilac

Still grows the vivacious lilac a generation after the door and lintel and the sill are gone, unfolding its sweet-scented flowers each spring, to be plucked by the musing traveller; planted and tended once by children's hands, in front-yard plots-now standing by wallsides in retired pastures, and giving place to new-rising forests;-the last of that stirp, sole survivor of that family. Little did the dusky children think that the puny slip with its two eyes only, which they stuck in the ground in the shadow of the house and daily watered, would root itself so, and outlive them, and house itself in the rear that shaded it, and grown man's garden and orchard, and tell their story faintly to the lone wanderer a half-century after they had grown up and died-blossoming as fair, and smelling as sweet, as in that first spring. I mark its still tender, civil, cheerful lilac colors.

눈보라 속에서의 산책

그러나 아무리 험한 날씨도 내가 산책을 나가거나 외출하는 것을 막지는 못한다. 나는 너도밤나무나 노랑자작나무 한 그루와 맺은 약속을 지키기 위해, 혹은 옛날부터 잘 알고 지내온 소나무와의 약속 때문에 깊은 눈 속을 헤치며 8마일에서 10마일이나 걸어간 적이 종종 있다. 이런 날은 얼음과 눈의 무게로 인해 나뭇가지들이 축 늘어지고 그 우듬지는 뾰족한 모습으로 변해 소나무가 마치 전나무처럼 보인다. 거의 2피트 깊이로 쌓인 눈을 헤치며 높은 언덕의 꼭대기를 오르노라면 한 걸음 내디딜 때마다 머리 위로 쏟아지는 또 다른 눈보라를 털어내야 한다. 어떤 때는 손발로 허우적거리며 기어오르다 눈 속에 나뒹굴기도 하는데, 이런 날은 사냥꾼들조차 겨울철 숙소에 틀어박혀 나올 생각을 하지 않는 날이다.

My Walks in Snow-Storm

But no weather interfered fatally with my walks, or rather my going abroad, for I frequently tramped eight or ten miles through the deepest snow to keep an appointment with a beech tree, or a yellow birch, or an old acquaintance among the pines; when the ice and snow causing their limbs to droop, and so sharpening their tops, had changed the pines into fir trees; wading to the tops of the highest hills when the show was nearly two feet deep on a level, and shaking down another snow-storm on my head at every step; or sometimes creeping and floundering thither on my hands and knees, when the hunters had gone into winter quarters.

가장 자랑스러운 훈장

그 사이 박새들도 떼를 지어 날아와서는 다람쥐들이 떨어뜨린 부스러기를 물고 가까운 나뭇가지 위로 가서 자리를 잡는다. 박새는 부스러기를 발톱으로 꼭 잡고서는 그것이 나무껍질 속에 든 벌레라도 되는 것처럼 작은 부리로 쪼아 그들의 가는 목구멍에 들어갈 수 있게 잘게 부순다. 박새는 날마다 몇 마리씩 날아와 장작더미 위에서 먹을 것을 찾거나 문간에서 부스러기를 주워먹는데, 박새의 들릴 듯 말듯한 울음소리는 풀섶에 맺힌 고드름이 서로 부딪힐 때 나는 짤랑 거리는 소리와 비슷하지만 때로는 아주 경쾌하게 '데이 데이 데이'하고 울기도 하고, 봄날처럼 따뜻할 때는 '피-비'하며 여름철에나 들을 수 있는 날카롭게 우는 소리가 숲 근처에서 들려오는 경우도 가끔 있다. 박새는 그렇게 나와 친해졌다. 마침내 어느 날에는 내가 손에 한아름 안고 가던 장작 위에 박새 한 마리가 겁 없이 내려앉아 나뭇조각을 쪼기까지 했다. 예전에도 마을의 한 정원에서 김을 매고 있을 때 참새 한 마리가 내 어깨 위에 잠시 내려앉은 적이 있는데, 그것이 내게는 그 어떤 훈장보다 자랑스럽게 느껴졌다. 다람쥐들도 곧 나와 친해져 내 앞으로 지나가다가 내 발이 막고 있으면 돌아가지 않고 내 구두를 밟고 그 위로 넘어가곤 했다.

When a Sparrow Alight upon My Shoulder

Meanwhile also came the chickadees in flocks, which, picking up the crumbs the squirrels had dropped, flew to the nearest twig and, placing them under their claws, hammered away at them with their little bills, as if it were an insect in the bark, till they were sufficiently reduced for their slender throats. A little flock of these titmice came daily to pick a dinner out of my woodpile, or the crumbs at my door, with faint flitting lisping notes, like the tinkling of icicles in the grass, or else with sprightly *day day day*, or more rarely, in spring-like days, a wiry summery *phe-be* from the woodside. They were so familiar that at length one alighted on an armful of wood which I was carrying in, and pecked at the sticks without fear. I once had a sparrow alight upon my shoulder for a moment while I was hoeing in a village garden, and I felt that I was more distinguished by that circumstance than I should have been by any epaulet I could have worn. The squirrels also grew at last to be quite familiar, and occasionally stepped upon my shoe, when that was the nearest way.

측은하기까지 한 그 영리함이라니

아직은 추운 1월이고, 눈과 얼음도 여전히 두껍고 단단한데 셈이 빠른 지주는 여름철에 마실 것을 식히는 데 쓸 얼음을 채취하기 위해 마을에서 온다. 지금은 1월인데 7월에 있을 더위와 갈증을 내다보고서 두툼한 외투와 장갑까지 끼고 대비책을 강구하다니, 그 영리함은 얼마나 대단하며 또 얼마나 측은한가! 미래를 위해 준비되지 못한 것들이 얼마나 많은가 말이다. 그 사람도 다음 생에 마실 여름 음료를 식혀 줄 보물을 지금 생에 쌓아두지는 못할 것이다. 그는 고체가 된 호수를 자르고 톱질해 고기들의 집 지붕을 들어낸다. 물고기들에게는 삶의 터전이자 숨쉬는 공기인데 그것을 마치 장작이라도 되는 것처럼 쇠사슬과 말뚝으로 묶어 마차에 실은 다음 흔쾌한 겨울 공기 속을 지나 겨울의 지하실로 운반해서는 그곳에서 여름을 나게 하려는 것이다. 호수의 얼음이 길을 지나 운반되는 것을 멀리서 보면 고체가 된 하늘빛을 보는 것 같다.

Impressively Wise, Even Pathetically

While yet it is cold January, and snow and ice are thick and solid, the prudent landlord comes from the village to get ice to cool his summer drink; impressively, even pathetically, wise, to foresee the heat and thirst of July now in January–wearing a thick coat and mittens! when so many things are not provided for. It may be that he lays up no treasures in this world which will cool his summer drink in the next. He cuts and saws the solid pond, unroofs the house of fishes, and carts off their very element and air, held fast by chains and stakes like corded wood, through the favoring winter air, to wintry cellars, to underlie the summer there. It looks like solidified azure, as, far off, it is drawn through the streets.

봄이 오는 것을 지켜볼 수 있는 여유

숲에 들어와 사는 삶의 한 가지 매력은 봄이 오는 것을 지켜볼 수 있는 여유와 기회를 가질 수 있다는 점이다. 호수의 얼음은 마침내 벌집 모양으로 변하기 시작하고, 그 위를 걸으면 구두 자국이 남는다. 안개와 비와 따뜻해져 가는 태양이 서서히 눈을 녹이고, 낮이 눈에 띌 정도로 매일같이 길어져 간다. 이제 난방을 세게 하지는 않아도 되니 나무를 해오지 않더라도 겨울을 날 수 있을 것 같다. 나는 봄이 오는 첫 신호를 주의 깊게 기다린다. 다시 돌아온 어느 새의 노랫소리라도 들려오지 않을까, 혹은 지금쯤 겨울식량이 다 떨어졌을 줄무늬다람쥐의 찍찍거리는 소리가 들려오지 않을까 해서 귀를 기울여보기도 하고, 우드척 녀석이 겨울 보금자리에서 나오지나 않았는지 살펴보기도 한다.

Leisure and Opportunity to See the Spring Come in

One attraction in coming to the woods to live was that I should have leisure and opportunity to see the Spring come in. The ice in the pond at length begins to be honeycombed, and I can set my heel in it as I walk. Fogs and rains and warmer suns are gradually melting the snow; the days have grown sensibly longer; and I see how I shall get through the winter without adding to my wood-pile, for large fires are no longer necessary. I am on the alert for the first signs of spring, to hear the chance note of some arriving bird, or the striped squirrel's chirp, for his stores must be now nearly exhausted, or see the woodchuck venture out of his winter quarters.

살아있는 대지

대지는 책장(册張)처럼 차곡차곡 층층으로 쌓여 주로 지질학자와 고고학자들의 연구 대상이나 되는 죽은 역사 조각이 아니다. 대지는 살아있는 시며 꽃과 열매에 앞서 돋아나는 나뭇잎 같은 것이다. 그것은 화석의 대지가 아니라 살아있는 대지다. 대지를 지배하는 위대한 생명력에 비하면 온갖 동식물의 삶은 그저 기생적인 것일 뿐이다. 대지가 진통을 하면 인간이 벗어놓은 허물들은 그 무덤으로부터 팽개쳐질 것이다. 우리는 땅에서 캐낸 쇠붙이들을 녹여 우리가 빚어낼 수 있는 가장 아름다운 조형물로 만들어낼 수는 있겠다. 하지만 그것은 봄이 되어 대지가 녹아 흐르면서 만들어낸 모습만큼 나를 흥분시키지는 못할 것이다. 대지뿐만 아니라 그 위에 세워진 모든 것들 역시 도공이 진흙을 빚듯 끊임없이 새로운 형상으로 만들어지는 것이다.

A Living Earth

The earth is not a mere fragment of dead history, stratum upon stratum like the leaves of a book, to be studied by geologists and antiquaries chiefly, but living poetry like the leaves of a tree, which precede flowers and fruit–not a fossil earth, but a living earth; compared with whose great central life all animal and vegetable life is merely parasitic. Its throes will heave our exuviae from their graves. You may melt your metals and cast them into the most beautiful moulds you can; they will never excite me like the forms which this molten earth flows out into. And not only it, but the institutions upon it are plastic like clay in the hands of the potter.

시냇물은 기쁨의 찬가를 부른다

봄을 알리는 첫 참새! 그 어느 해보다 생명력 넘치는 희망으로 시작하는 새로운 한 해! 반쯤 헐벗은 축축한 들판에서 어렴풋이 들려오는 파랑새와 노래참새, 개똥지빠귀의 은방울 같은 노랫소리는 마치 겨울의 마지막 눈송이들이 내는 짤랑거리는 소리 같다! 이런 때에 역사와 연대기, 전통, 그리고 글로 쓰여진 계시록 같은 게 무슨 의미가 있겠는가? 시냇물은 기쁨의 찬가를 부르며 봄을 맞는다. 강가 풀밭 위에선 개구리매가 낮게 날며 겨울잠에서 막 깨어난 개구리를 찾고 있다. 계곡 마다 눈이 녹아 흘러내리는 소리가 들려오고 호수의 얼음도 빠르게 녹고 있다. "봄비의 부름을 받은 풀잎들이 파릇파릇 돋아난다." 언덕에서는 풀잎들이 봄 불처럼 타오른다. 그 모습은 마치 대지가 돌아오는 태양을 맞기 위해 내부에 간직해두었던 열을 발산하는 것 같은데, 그 불길의 빛깔은 노란색이 아니라 초록색이다. 영원한 청춘의 상징인 풀잎은 흙에서 솟아올라 기다란 푸른 리본처럼 여름을 향해 활짝 피어나다 갑자기 매서운 꽃샘추위의 제지를 받는다. 하지만 조금만 더 지나면 뿌리 속에 간직한 싱싱한 생명의 힘으로 아직도 남아있는 지난해의 마른 잎을 들어올리며 또다시 힘껏 뻗어 오른다.

The Brooks Sing Carols and Glees to the Spring

The first sparrow of spring! The year beginning with younger hope than ever! The faint silvery warblings heard over the partially bare and moist fields from the bluebird, the song sparrow, and the red-wing, as if the last flakes of winter tinkled as they fell! What at such a time are histories, chronologies, traditions, and all written revelations? The brooks sing carols and glees to the spring. The marsh hawk, sailing low over the meadow, is already seeking the first slimy life that awakes. The sinking sound of melting snow is heard in all dells, and the ice dissolves apace in the ponds. The grass flames up on the hillsides like a spring fire–"et primitus oritur herba imbribus primoribus evocata"–as if the earth sent forth an inward heat to greet the returning sun; not yellow but green is the color of its flame; the symbol of perpetual youth, the grass-blade, like a long green ribbon, streams from the sod into the summer, checked indeed by the frost, but anon pushing on again, lifting its spear of last year's hay with the fresh life below.

숲 속에서의 첫 번째 봄날

눈보라 치는 겨울날이 화창한 봄날로 바뀌고 어둡고 무기력했던 시간이 밝고 탄력 있는 시간들로 바뀌는 과정은 만물이 그 변화를 선언하는 중대한 전기다. 변화는 그야말로 일순간에 일어난다. 초저녁에 가까운 시간. 하늘에는 아직도 겨울 구름이 끼어 있고 처마에서는 진눈깨비가 섞인 빗물이 뚝뚝 떨어지고 있는데 갑자기 밖에서 들어온 빛이 집안을 꽉 채운다. 나는 창문 밖을 내다본다. 세상에! 어제까지만 해도 차가운 회색 얼음이 있던 곳에 투명한 호수가 여름날 저녁처럼 평온하고 희망에 가득 찬 모습을 보여주고 있다. 호수는 마치 먼 지평선과 교신이라도 하듯 그 가슴속에 아무것도 보이지 않는 여름날의 저녁 하늘을 비추고 있는 것이다.

The First Spring Day in the Woods

The change from storm and winter to serene and mild weather, from dark and sluggish hours to bright and elastic ones, is a memorable crisis which all things proclaim. It is seemingly instantaneous at last. Suddenly an influx of light filled my house, though the evening was at hand, and the clouds of winter still overhung it, and the eaves were dripping with sleety rain. I looked out the window, and lo! where yesterday was cold gray ice there lay the transparent pond already calm and full of hope as in a summer evening, reflecting a summer evening sky in its bosom, though none was visible overhead, as if it had intelligence with some remote horizon.

저 밖에는 벌써 봄이 와 있는데

부드러운 이슬비가 한번 내리면 풀잎은 한층 더 푸르러진다. 우리 역시 보다 훌륭한 생각을 받아들이면 우리의 전망도 더 밝아질 것이다. 우리가 항상 현재를 살아간다면, 그래서 자신에게 떨어진 한 방울의 작은 이슬도 놓치지 않고 받아들이는 풀잎처럼 우리에게 생기는 모든 일들을 제대로 활용할 수 있다면, 우리의 의무를 다해야 했던 과거의 잃어버린 기회들을 아쉬워하느라 시간을 허비하지 않는다면 우리는 정말 축복 받은 존재가 될 것이다. 저밖에는 이미 봄이 와 있는데 우리는 겨울 안에서 머뭇거리고 있다. 상쾌한 봄날 아침 인간의 모든 죄는 용서를 받는다. 그런 날은 악덕도 고개를 숙인다. 그렇게 태양이 비치는 동안은 가장 사악한 죄인도 돌아올 수 있을 것이다. 우리가 먼저 우리 자신의 순수함을 되찾는다면 우리 이웃에게도 순수함이 있음을 발견할 것이다.

If We Live in the Present Always

A single gentle rain makes the grass many shades greener. So our prospects brighten on the influx of better thoughts. We should be blessed if we lived in the present always, and took advantage of every accident that befell us, like the grass which confesses the influence of the slightest dew that falls on it; and did not spend our time in atoning for the neglect of past opportunities, which we call doing our duty. We loiter in winter while it is already spring. In a pleasant spring morning all men's sins are forgiven. Such a day is a truce to vice. While such a sun holds out to burn, the vilest sinner may return. Through our own recovered innocence we discern the innocence of our neighbors.

야성의 강장제

우리에게는 야성의 강장제가 필요하다. 해오라기와 뜸부기가 숨어 사는 늪 속을 무릎까지 빠지며 건너보고 도요새가 공중을 선회하면서 내는 요란한 소리에 귀 기울여야 한다. 보다 야성적이고 홀로 지내는 새들만이 둥지를 트는 곳, 밍크가 배를 땅바닥에 깔고 기어 다니는 곳에 가서 바람에 흔들리는 사초(莎草) 냄새를 맡아봐야 한다. 우리는 모든 것을 알아내고 탐색하고자 하지만 이와 동시에 모든 것이 신비에 싸인 채 탐색되지 않기를, 또한 우리가 도저히 측량할 수 없어 육지와 바다가 영원히 측량되지 않기를 바라는 마음도 있다. 우리가 자연을 다 이해할 수는 없다. 우리는 자연의 무궁무진한 생명력, 광활하면서도 거대한 지세, 난파선의 잔해가 깔린 해안, 살아있는 나무와 썩어가고 있는 나무들이 뒤엉킨 황무지, 천둥을 품은 구름, 3주간이나 계속돼 마침내 홍수를 일으킨 빗줄기를 볼 때마다 자연에 대한 이해를 새롭게 해야 한다. 우리 스스로 그은 우리의 한계가 무너지는 것을 똑똑히 봐야 하고, 우리가 한 번도 가지 않은 곳에서 어떤 생명이 자유로이 풀을 뜯는 것 역시 볼 필요가 있다.

The Tonic of Wildness

We need the tonic of wildness–to wade sometimes in marshes where the bittern and the meadow-hen lurk, and hear the booming of the snipe; to smell the whispering sedge where only some wilder and more solitary fowl builds her nest, and the mink crawls with its belly close to the ground. At the same time that we are earnest to explore and learn all things, we require that all things be mysterious and unexplorable, that land and sea be infinitely wild, unsurveyed and unfathomed by us because unfathomable. We can never have enough of nature. We must be refreshed by the sight of inexhaustible vigor, vast and titanic features, the sea-coast with its wrecks, the wilderness with its living and its decaying trees, the thunder-cloud, and the rain which lasts three weeks and produces freshets. We need to witness our own limits transgressed, and some life pasturing freely where we never wander.

그대의 눈을 안으로 돌려보라

사람들은 기린을 사냥하겠다며 남아프리카로 달려간다. 그러나 분명히 말하지만 그건 그가 뒤쫓을 만한 사냥감이 아니다. 설사 그렇다 하더라도 얼마 동안이나 기린을 쫓아다닐 수 있겠는가? 깍도요나 멧도요를 사냥할 수도 있겠지만 자기 자신을 사냥의 대상으로 삼는 것이 더 고귀한 놀이일 것이라고 나는 확신한다.

"그대의 눈을 안으로 돌려보라, 그러면 그대의 마음속에서

아직껏 발견하지 못한 천 개의 지역을 찾아내리라.

그곳으로 떠나라, 그리고

자기 자신이라는 우주학의 전문가가 되라."

Direct Your Eye Sight Inward

One hastens to southern Africa to chase the giraffe; but surely that is not the game he would be after. How long, pray, would a man hunt giraffes if he could? Snipes and woodcocks also may afford rare sport; but I trust it would be nobler game to shoot one's self.

> "Direct your eye sight inward, and you'll find
>
> A thousand regions in your mind
>
> Yet undiscovered. Travel them, and be
>
> Expert in home-cosmography."

그대 안의 신대륙을 발견하라

진실로 바라건대 그대의 내면에 있는 신대륙과 신세계를 발견하는 콜럼버스가 되라. 무역이 아니라 사상을 위한 신항로를 개척하라. 각자는 하나의 왕국의 주인이며, 그에 비하면 러시아 황제의 대제국은 보잘것없는 작은 나라요 빙산 조각에 불과하다. 그런데도 자기 자신에게는 아무런 자긍심도 느끼지 않으면서 단지 애국심에 불타 소를 위해 대를 희생시키는 사람들이 있다. 그들은 자기 무덤이 될 땅은 사랑하지만 지금 당장 자신의 육신에 활력을 불어넣어줄 정신에 대해서는 어떤 감정도 느끼지 못하고 있다. 애국심이라고 하지만 그건 머릿속에 들어있는 구더기에 불과하다.

Explore Yourself

Nay, be a Columbus to whole new continents and worlds within you, opening new channels, not of trade, but of thought. Every man is the lord of a realm beside which the earthly empire of the Czar is but a petty state, a hummock left by the ice. Yet some can be patriotic who have no self-respect, and sacrifice the greater to the less. They love the soil which makes their graves, but have no sympathy with the spirit which may still animate their clay. Patriotism is a maggot in their heads.

전통과 순응의 바퀴자국

나는 숲에 들어갈 때와 마찬가지로 중요한 이유가 있어서 숲을 떠났다. 앞으로 살아가야 할 더 많은 삶이 있는 것처럼 느껴졌고, 이제 더 이상 숲 속 생활에 시간을 할애할 수 없다는 생각이 들었다. 우리가 의식하지도 못하는 사이에 얼마나 쉽게 정해진 길을 걸어가게 되고 또 자기 발로 그 길을 다져가는지는 참으로 놀라울 정도다. 내가 월든 호숫가에서 산 지 일주일이 채 안 돼 내 집 문 앞에서 물가까지 내 발자국으로 인해 길이 났다. 내가 그 길을 밟아본 게 벌서 5~6년 전인데도 그 길은 지금까지 윤곽이 뚜렷이 남아있다. 어쩌면 다른 사람들이 그 길을 지나다니다 보니 길이 남아있게 된 게 아닌가 싶다. 땅의 표면은 아주 부드러워서 사람이 밟으면 흔적이 남는다. 우리 마음이 지나는 길도 똑같다. 그렇다면 이 세상의 큰길들은 얼마나 많이 닳고 먼지투성이일 것이며, 전통과 순응의 바퀴자국은 얼마나 깊이 패었겠는가! 나는 사람들이 많이 다니는 선실 통로로는 더 이상 가고 싶지 않다. 나는 이 세상의 갑판 위로 올라가 돛대 앞에 서서 산들 사이에서 비추는 달빛을 똑바로 바라보고 싶다. 나는 이제 배 밑으로 내려갈 생각은 없다.

The Ruts of Tradition and Conformity

I left the woods for as good a reason as I went there. Perhaps it seemed to me that I had several more lives to live, and could not spare any more time for that one. It is remarkable how easily and insensibly we fall into a particular route, and make a beaten track for ourselves. I had not lived there a week before my feet wore a path from my door to the pond-side; and though it is five or six years since I trod it, it is still quite distinct. It is true, I fear, that others may have fallen into it, and so helped to keep it open. The surface of the earth is soft and impressible by the feet of men; and so with the paths which the mind travels. How worn and dusty, then, must be the highways of the world, how deep the ruts of tradition and conformity! I did not wish to take a cabin passage, but rather to go before the mast and on the deck of the world, for there I could best see the moonlight amid the mountains. I do not wish to go below now.

공중에 누각을 쌓았다면

나는 경험을 통해 적어도 이것 한 가지는 배웠다. 누구든 확신을 갖고 자기 꿈의 방향으로 나아가고, 자기가 꿈꿔왔던 인생을 살고자 노력한다면 보통 때는 생각지도 못했던 성공을 이루게 되리라는 것을 말이다. 그러면 그는 과거를 뒤로 하고 눈에 보이지 않는 한계를 넘어설 것이다. 새롭고 보편적이며 보다 자유로운 법칙이 그의 주변과 내부에 확립되기 시작할 것이다. 그렇지 않더라도 해묵은 법칙이 더 확대되고 보다 자유로운 의미에서 그에게 유리하도록 해석됨으로써 그는 보다 높은 차원에서 인생을 살아가게 될 것이다. 그가 자신의 삶을 간소하게 만들면 만들수록 우주의 법칙은 더욱더 명료해질 것이다. 이제 고독은 고독이 아니고 빈곤도 빈곤이 아니며 연약함도 연약함이 아닐 것이다. 만약 그대가 허공에다 성을 쌓았더라도 그것은 헛된 일이 아니다. 그 성은 있어야 할 곳에 세워진 것이다. 이제 그 성의 밑에 토대만 쌓으면 된다.

If You Have Built Castles in the Air

I learned this, at least, by my experiment: that if one advances confidently in the direction of his dreams, and endeavors to live the life which he has imagined, he will meet with a success unexpected in common hours. He will put some things behind, will pass an invisible boundary; new, universal, and more liberal laws will begin to establish themselves around and within him; or the old laws be expanded, and interpreted in his favor in a more liberal sense, and he will live with the license of a higher order of beings. In proportion as he simplifies his life, the laws of the universe will appear less complex, and solitude will not be solitude, nor poverty poverty, nor weakness weakness. If you have built castles in the air, your work need not be lost; that is where they should be. Now put the foundations under them.

다른 고수의 북소리

왜 우리는 성공하려고 그토록 필사적으로 서두르며 그토록 무모하게 일을 벌이는 것일까? 어떤 사람이 자기와 함께 있는 사람들과 보조를 맞추지 않는다면 그것은 아마도 그 사람이 그들과는 다른 고수의 북소리를 듣고 있기 때문일 것이다. 그 사람으로 하여금 자신이 듣는 음악 소리에 맞춰 걸어가도록 내버려두라. 그 북소리의 음률이 어떻든, 그 소리가 얼마나 먼 곳에서 들리든 말이다. 그가 사과나무나 떡갈나무처럼 그렇게 빨리 성장해 나가는지는 중요하지 않다. 그가 성장 속도를 맞추기 위해 자신의 봄을 여름으로 바꾸어야 한단 말인가?

A Different Drummer

Why should we be in such desperate haste to succeed and in such desperate enterprises? If a man does not keep pace with his companions, perhaps it is because he hears a different drummer. Let him step to the music which he hears, however measured or far away. It is not important that he should mature as soon as an apple tree or an oak. Shall he turn his spring into summer?

그대의 삶을 사랑하라

그대의 삶이 아무리 고달프더라도 그것을 사랑하라. 그대가
비록 구빈원에 살더라도 그곳에서 즐겁고 감동적이고 아주
멋진 시간들을 보낼 수 있다. 지는 해는 부자의 저택과 마찬
가지로 구빈원의 창에도 밝게 비친다. 봄이 되면 구빈원 문
앞에 쌓였던 눈도 녹는다. 그런 곳에 살더라도 자기 삶을 평
온하게 받아들이면 마치 궁전에 사는 것처럼 만족스러워 할
것이며 늘 유쾌한 기분이 들 것이다.

Love Your Life, Poor as It Is

Love your life, poor as it is. You may perhaps have some pleasant, thrilling, glorious hours, even in a poorhouse. The setting sun is reflected from the windows of the alms-house as brightly as from the rich man's abode; the snow melts before its door as early in the spring. I do not see but a quiet mind may live as contentedly there, and have as cheering thoughts, as in a palace.

영혼에 꼭 필요한 것을 사는 데는

세상에서 가장 부유했던 크로이소스 왕의 재산을 물려받는다 해도 우리 삶의 목적은 전과 다름없을 것이고, 우리의 수단 역시 기본적으로 똑같을 것이다. 가난으로 인해 그대의 활동 범위가 제한되더라도, 가령 책이나 신문조차 살 수 없는 형편이 되더라도 그대는 가장 의미 있고 중요한 경험만을 하도록 제한되는 것에 지나지 않는다. 그대는 가장 달고 가장 끈끈한 재료만을 다루도록 요구 받은 셈이다. 그것은 고기에서 제일 맛있는 부분인 뼈 가까이에 붙어있는 살코기와 같은 삶이다. 그대는 하찮은 사람이 되지 않도록 보호받게 된 것이다. 어떤 사람도 더 높은 수준의 정신 생활을 하는 것으로 인해 더 낮은 차원에서 손해를 보지 않는다. 남아돌아가는 부는 쓸모 없는 것들밖에 살 수 없다. 영혼에 꼭 필요한 것, 그 하나를 사는 데 돈은 필요하지 않다.

Superfluous Wealth Can Buy Superfluities Only

We are often reminded that if there were bestowed on us the wealth of Croesus, our aims must still be the same, and our means essentially the same. Moreover, if you are restricted in your range by poverty, if you cannot buy books and newspapers, for instance, you are but confined to the most significant and vital experiences; you are compelled to deal with the material which yields the most sugar and the most starch. It is life near the bone where it is sweetest. You are defended from being a trifler. No man loses ever on a lower level by magnanimity on a higher. Superfluous wealth can buy superfluities only. Money is not required to buy one necessary of the soul.

우주를 창조한 분과 함께

나는 내 본연의 모습 그대로인 것이 좋다. 남의 눈에 잘 띄는 곳에서 다른 사람들과 함께 화려하게 과시하며 돌아다니기보다는 그런 일이 가능하다면 우주를 창조한 분과 함께 거닐어보고 싶다. 그리고 이 들떠 있고 신경질적이며 어수선하고 천박한 19세기에 사는 것보다는 이 시대가 지나가는 동안 조용히 생각에 잠기고 싶다.

Walk with the Builder of the Universe

I delight to come to my bearings-not walk in procession with pomp and parade, in a conspicuous place, but to walk even with the Builder of the universe, if I may-not to live in this restless, nervous, bustling, trivial Nineteenth Century, but stand or sit thoughtfully while it goes by.

더 큰 지성을 가진 존재

숲에 서서 아래를 내려다 보면 땅 위에 깔린 솔잎들 사이로 벌레가 기어가면서 내 시야에서 벗어나려 한다. 나는 왜 이 벌레가 그처럼 알량한 생각을 갖고서 어쩌면 자기의 은인이 될 수도 있고 자기 종족에게 아주 기쁜 소식을 알려줄지도 모르는 나로부터 자기 머리를 감추려 드는가 하고 자문해본다. 그러면서 한편으로는 인간이라는 벌레라고 할 수 있는 나를 저 위에서 지켜보고 있는 더 큰 은인, 더 큰 지성을 가진 어떤 존재를 떠올리게 된다.

The Greater Benefactor and Intelligence

As I stand over the insect crawling amid the pine needles on the forest floor, and endeavoring to conceal itself from my sight, and ask myself why it will cherish those humble thoughts, and bide its head from me who might, perhaps, be its benefactor, and impart to its race some cheering information, I am reminded of the greater Benefactor and Intelligence that stands over me the human insect.

부활과 불멸

뉴잉글랜드에 사는 사람이라면 누구나 사람들 사이에 퍼진 이런 이야기를 들어봤을 것이다. 처음에는 코네티컷 주, 다음에는 매사추세츠 주 어느 농가의 부엌에 60년 동안이나 놓여있던, 사과나무로 만들어진 오래된 식탁의 마른 판자에서 아름답고 생명력 넘치는 곤충이 나왔다는 이야기 말이다. 그 곤충이 자리잡고 있던 곳의 바깥쪽으로 겹쳐 있는 나이테의 수를 세어보니, 그보다도 여러 해 전 그 나무가 살아 있을 때 깐 알에서 나온 것이었다고 한다. 아마도 커피 주전자가 끓는 열에 의해 부화되었겠지만 그 곤충이 밖으로 나오려고 판자를 갉아먹는 소리가 몇 주 전부터 들렸다는 것이다. 이 이야기를 듣고 부활과 불멸에 대한 믿음이 새로워지는 것을 느끼지 않을 사람이 어디 있겠는가? 어떤 날개 달린 아름다운 생명이 처음에는 푸른 생나무의 백목질 속에 알로 태어났으나, 그 나무가 차츰 잘 마른 관처럼 되는 바람에 오랜 세월을 말라 죽은 듯 나무의 무수한 동심원을 그린 나이테 속에 묻혀 있었고, 나무는 점점 잘 마른 무덤처럼 변해갔을 것이다. 그러다 수 년 전부터 일가족이 즐겁게 식탁에 둘러앉아 있을 때 밖으로 나오려고 나무를 갉아대는 소리를 내서 깜짝 놀라게 했을 것이다. 그러고는 어느 날 갑자기 그 곤충이 세상에서 가장 값싸고 흔한 가구 속에서 튀어나와 마침내 찬란한 여름 생활을 즐기게 될지 그 누가 알았겠는가?

Resurrection and Immortality

Every one has heard the story which has gone the rounds of New England, of a strong and beautiful bug which came out of the dry leaf of an old table of apple-tree wood, which had stood in a farmer's kitchen for sixty years, first in Connecticut, and afterward in Massachusetts—from an egg deposited in the living tree many years earlier still, as appeared by counting the annual layers beyond it; which was heard gnawing out for several weeks, hatched perchance by the heat of an urn. Who does not feel his faith in a resurrection and immortality strengthened by hearing of this? Who knows what beautiful and winged life, whose egg has been buried for ages under many concentric layers of woodenness in the dead dry life of society, deposited at first in the alburnum of the green and living tree, which has been gradually converted into the semblance of its well-seasoned tomb—heard perchance gnawing out now for years by the astonished family of man, as they sat round the festive board—may unexpectedly come forth from amidst society's most trivial and handselled furniture, to enjoy its perfect summer life at last!

우리가 깨어 기다리는 날만이

1

대부분의 사람들이 평온한 절망 속에서 살아가고 있다.

The mass of men lead lives of quiet desperation.

2

여기에 인생이라고 하는, 내가 그 대부분을 겪어보지 않은 하나의 실험이 있다.

Here is life, an experiment to a great extent untried by me.

3

넘쳐날 정도로 돈이 많은 부자들은 편안한 따뜻함이 아니라 부자연스러운 뜨거움 속에서 살아간다.

The luxuriously rich are not simply kept comfortably warm, but unnaturally hot.

4

어떤 옷이든 그 옷을 웃음거리가 되지 않게 하고 성스럽게까지 하는 것이 있다면 그것은 그 옷을 입은 사람의 진지한 눈빛과 성실한 삶이다.

It is only the serious eye peering from and the sincere life passed within it which restrain laughter and consecrate the costume of any people.

5

인간은 결국 자신이 목표로 한 것만을 달성한다. 그러니 비록 당장은 실패하더라도 더 고귀한 목표를 가져야 하는 것이다.

In the long run men hit only what they aim at. Therefore, though they should fail immediately, they had better aim at something high.

6

그대로 내버려둘 수 있는 것이 많으면 많을수록 그 사람은 더 부유하다.

A man is rich in proportion to the number of things which he can afford to let alone.

7

나의 가장 뛰어난 재주는 욕심을 부리지 않는 것이다.

My greatest skill has been to want but little.

8

우리는 집을 아름다운 물건들로 장식하기 전에 우선 벽부터 깨끗이 해야 한다. 그렇듯 우리의 삶도 깨끗이 정리하고, 그 밑바탕에는 아름다운 살림살이와 멋진 생활태도를 깔아둬 야 한다.

Before we can adorn our houses with beautiful objects the walls must be stripped, and our lives must be stripped, and beautiful housekeeping and beautiful living be laid for a foundation.

9

젊은이들이 지금 즉시 인생을 실험해보는 것보다 살아가는 법을 더 잘 배울 수 있는 방법이 또 있겠는가?

How could youths better learn to live than by at once trying the experiment of living?

10

가능한 한 자유롭게 살고 무엇에든 얽매이지 말라. 농장에 얽매이든 형무소에 얽매이든, 얽매이는 것은 마찬가지다.

As long as possible live free and uncommitted. It makes but little difference whether you are committed to a farm or the county jail.

11

광활한 지평선을 마음껏 즐기는 자 말고는 세상에 행복한 자 없으리.

There are none happy in the world but beings who enjoy freely a vast horizon.

12

얼마나 많은 사람이 한 권의 책을 읽고 자기 인생의 새로운 기원을 마련했던가!

How many a man has dated a new era in his life from the reading of a book!

13

깨어있다는 것은 곧 살아있다는 것이다.

To be awake is to be alive.

14

우리는 사소한 일들로 인생을 낭비하고 있다.

Our life is frittered away by detail.

15

죽음이든 삶이든 우리는 진실만을 갈구한다.

Be it life or death, we crave only reality.

16

세상에 뉴스라니! 그보다는 시간이 지나도 변치 않는 것을
아는 게 훨씬 더 중요하지 않은가!

What news! how much more important to know what
that is which was never old!

17

우리는 정신을 살찌우는 데는 소홀하지만 육신을 살찌우고
육신의 병을 키우는 데는 비용을 아끼지 않는다.

We spend more on almost any article of bodily aliment or
ailment than on our mental aliment.

18

길을 잃고 나서야, 그러니까 세상을 잃고 나서야 비로소 우리는 자기 자신을 찾기 시작하며, 우리가 어디에 있는지 또 우리가 얼마나 무한한 관계들 속에 놓여 있는지 깨닫기 시작한다.

Not till we are lost, in other words not till we have lost the world, do we begin to find ourselves, and realize where we are and the infinite extent of our relations.

19

내 집에는 세 개의 의자가 있다. 하나는 고독을 위해, 둘은 우정을 위해, 셋은 사교를 위한 것이다.

I had three chairs in my house; one for solitude, two for friendship, three for society.

20

그러나 나의 가장 좋은 방, 언제든 손님 맞을 준비가 되어있고 카펫에 햇살조차 들지 않는 응접실은 내 집 뒤에 있는 소나무 숲이었다.

My "best" room, however, my withdrawing room, always ready for company, on whose carpet the sun rarely fell, was the pine wood behind my house.

21

음식의 참다운 맛을 아는 사람은 폭식을 하지 않지만 그 맛을 모르는 사람은 폭식을 면할 길이 없다.

He who distinguishes the true savor of his food can never be a glutton; he who does not cannot be otherwise.

22

사람들이 바닥을 재는 수고를 해보지도 않고 어떤 호수에는 바닥이 없다며 그토록 오랫동안 믿어왔다는 게 그저 놀라울 따름이다.

It is remarkable how long men will believe in the bottomlessness of a pond without taking the trouble to sound it.

23

지혜와 순결은 성실함으로부터 나온다. 나태로부터는 무지와 관능만 나올 뿐이다.

From exertion come wisdom and purity; from sloth ignorance and sensuality.

24

하루는 1년의 축소판이다. 밤은 겨울이며, 아침과 저녁은 봄과 가을이며, 낮은 여름이다.

The day is an epitome of the year. The night is the winter, the morning and evening are the spring and fall, and the noon is the summer.

25

진정한 부를 즐길 수 있는 가난, 나는 그것을 원한다.

Give me the poverty that enjoys true wealth.

26

선이야말로 결코 실패하지 않는 유일한 투자다.

Goodness is the only investment that never fails.

27

평온을 보지 못하는 자는 눈이 멀었나니!

How blind that cannot see serenity!

28

우리는 다시 깨어나는 법을 배워야 하며, 그렇게 깨어난 상태로 있어야 한다.

We must learn to reawaken and keep ourselves awake.

29

천국은 우리 머리 위에만 있는 게 아니라 우리 발 밑에도 있다.

Heaven is under our feet as well as over our heads.

30

사랑보다도 돈보다도 명예보다도 나는 진실을 원한다.

Rather than love, than money, than fame, give me truth.

31

자연은 아무런 질문도 하지 않지만 우리 인간이 묻는 어떤 질문에도 대답하지 않는다.

Nature puts no question and answers none which we mortals ask.

32

지금 영국에서는 감자 썩는 병을 퇴치하기 위해 온갖 노력을 기울이고 있다고 하는데, 그보다 훨씬 더 치명적이고 널리 퍼져 있는 머리 썩는 병을 치료하려는 노력은 하지 않을 것인가?

While England endeavors to cure the potato-rot, will not any endeavor to cure the brain-rot, which prevails so much more widely and fatally?

33

나는 산해진미와 값진 와인이 넘쳐나고 하인들이 아부하듯 시중드는 잔칫상에 앉아 있었지만 성실과 진실을 찾아볼 수 없었기에 그 냉랭한 식탁에서 배고픔을 안고 떠났다.

I sat at a table where were rich food and wine in abundance, and obsequious attendance, but sincerity and truth were not; and I went away hungry from the inhospitable board.

34

우리의 눈을 멀게 하는 빛은 우리에게 어둠에 불과하다. 우리가 깨어 기다리는 날만이 동이 트는 것이다. 동이 틀 날은 앞으로 많을 것이다. 태양은 단지 아침에 뜨는 별에 지나지 않는다.

The light which puts out our eyes is darkness to us. Only that day dawns to which we are awake. There is more day to dawn. The sun is but a morning star.

Walden,
Life in the Woods.

By

Henry D. Thoreau;

Author of "A week on the Concord & Merrimack Rivers.

"I do not propose to write an ode to dejection, but to brag as lustily as chanticleer in the morning, standing on his roost, if only to wake my neighbors up." &c.

The clouds, wind, moon, sun and sky, act in cooperation, that thou mayest get thy daily bread, and not eat it with indifference; all revolve for thy sake, and are obedient to command; it must be an equitable condition, that thou shalt be obedient also." Sadi

Contents.

Nearly all of this volume was written eight or nine years ago in the scenery & under the circumstances which it describes, and a considerable part was read at that time as lectures before the Concord Lyceum. In what is now added the object has been chiefly to make it a completer & truer account of that portion of the author's life.

■ 헨리 데이비드 소로 연보

1817년 미국 매사추세츠 주 콩코드 출생(7월 12일)

1833년 콩코드 아카데미 졸업 후 하버드대학교 입학

1834년 랄프 왈도 에머슨 콩코드로 이주

1837년 하버드대학교 졸업, 2주간 교사 생활(체벌 거부로 사직), 일기 쓰기 시작

1838년 콩코드 문화회관에서 첫 강연, 사설학교 설립

1839년 사설학교가 커짐에 따라 형 존이 합류, 8월에 존과 함께 콩코드 강과 메리맥 강을 2주간 보트로 여행, 엘런 슈얼 콩코드로 이주(형과 동시에 사랑을 느낌)

1840년 마가렛 풀러가 초월주의 잡지 〈다이얼〉 창간(시와 에세이 기고)

1841년 에머슨 집에 거주하기 시작(1843년까지)

1842년 존이 면도하다 벤 상처가 덧나 파상풍으로 사망(1월 12일), 나사니엘 호손 콩코드로 이주, 에머슨 아들 왈도 사망, 와추셋 여행

1843년 뉴욕 스테튼 아일랜드에 있는 에머슨의 형 집에 가정교사로 8개월간 거주

1844년 아버지의 연필공장에서 새로운 연필 제조 기술 개발, 동양 경전에 심취, 콩코드 강변에서 낚시하다 친구의 실수로 산불을 일으켜 300에이커의 숲을 태움, 〈다이얼〉 재정난으로 폐간

1845년 월든 호숫가에 지은 오두막으로 이주(7월 4일), 《콩코드 강과 메리맥 강에서 보낸 일주일》 집필 시작

1846년 멕시코 전쟁 발발(5월 8일) 인두세 납부 거부로 체포돼 유치장에 갇혔다가 하루만에 풀려남(7월), 메인 숲으로 첫 번째 여행

1847년 오두막 생활 정리하고 다시 에머슨 집에 기거(9월 6일), 에머슨 유
    럽으로 강연 떠남
1848년 콩코드 문화회관에서 후일 〈시민불복종〉이 되는 '정부와의 관계
    에서 개인의 권리와 의미'를 강연, 캘리포니아 골드러시 시작됨
1849년 누나 헬렌 사망, 《콩코드 강과 메리맥 강에서 보낸 일주일》이 여러
    출판사에서 거절당하자 자비로 출간, 케이프코드로 첫 번째 여행
1850년 케이프코드로 두 번째 여행, 캐나다로 일주일간 여행, 도망노예
    법 통과
1851년 도망노예가 캐나다로 달아날 수 있도록 도와줌
1852년 측량일과 강연, 《월든》 원고 수정 집필 등으로 바쁘게 지냄
1853년 메인 숲으로 두 번째 여행, 《콩코드 강과 메리맥 강에서 보낸 일주
    일》의 초판 1000부 중 팔리지 않은 706부를 반품 받음
1854년 《월든》을 일곱 번이나 수정 집필한 끝에 초판 2000부 출간(8월 9일)
1855년 건강이 나빠지기 시작함
1856년 월트 휘트먼과 첫 만남
1857년 노예해방운동가 존 브라운과 첫 만남, 메인 숲으로 마지막 여행
1858년 블레이크와 모나드녹 산에서 이틀 밤 야영
1859년 아버지 사망, 존 브라운이 하퍼스페리 무기고 습격(10월 16일), 〈존
    브라운 대장을 위한 탄원〉 강연
1860년 엘러리 채닝과 모나드녹 산에서 5일간 야영(생애 마지막 야영이 됨),
    눈 쌓인 숲에 들어가 나무 그루터기의 나이테를 세다 독감에 걸려
    기관지염으로 악화(12월 3일), 링컨 대통령 당선(11월 6일)
1861년 의사의 권유로 미네소타 주로 요양 여행, 남북전쟁 발발(4월 12일)
1862년 사망(5월 6일), 장례식에서 에머슨이 추도사 낭독(5월 9일), 콩코드
    의 슬리피 할로우 공동 묘지에 묻힘

홀로 천천히 자유롭게

1판1쇄 찍음 2016년 7월 20일
1판1쇄 펴냄 2016년 7월 30일
1판2쇄 펴냄 2018년 8월 15일

지은이 헨리 데이비드 소로
옮긴이 박정태
펴낸이 서정예
펴낸곳 굿모닝북스

등록 제2002-27호
주소 (410-837) 경기도 고양시 일산동구 장항동 750-1 대우메종 804호
전화 031-819-2569
FAX 031-819-2568
e-mail image84@dreamwiz.com

가격 9,800원
ISBN 978-89-91378-30-8   03840

*잘못된 책은 구입한 서점이나 출판사에서 바꾸어 드립니다.